DIE STILLE NACH NINA SIMONE

Titel der Originalausgabe: Kjære Miss Nina Simone
Von Tor Fretheim

Für die deutschsprachige Ausgabe:

www.mixtvision-verlag.de

Übersetzung: Maike Dörries
Innentypografie und -gestaltung:
Matrix Buchkonzepte, C. Modi & M. Orlowski, Hamburg
Umschlag-Gestaltung: Robert & Horst, Agentur für Design
und Kommunikation, München
Umschlag-Foto: © Manuel Sulzer (gettyimages)
Druck und Bindung: GGP Media GmbH, Pößneck
ISBN: 978-3-95854-031-6
Auch als E-Book erhältlich

Diese Übersetzung wurde gefördert durch NORLA.

DIE STILLE NACH NINA SIMONE

Tor Fretheim

Aus dem Norwegischen von Maike Dörries

mixtvision

DIE FAMILIE

Sie glaubten es nicht.
Sie konnten es einfach nicht fassen. Keiner hätte sich je vorstellen können, dass etwas Derartiges geschieht.
Solche Dinge passieren anderswo.
Solche Geschichten las man in der Zeitung oder hörte davon in den Nachrichten.
Nichts würde jemals wieder so sein wie vorher.
Etwas war für immer verloren.

Eine Unschuld, vielleicht.
Oder die Ruhe, auch Stille genannt.
Aber das begreift man oft erst hinterher.
Der Erste, der Blumen auf die Treppe legte, hatte vermutlich noch nicht den Ernst der Situation erfasst.
Vermutlich entsprang es dem Bedürfnis, irgendetwas tun zu wollen, was auch immer, dass ein Blumenstrauß aus dem nahe gelegenen Einkaufszentrum mitgenommen wurde.
Das war das Mindeste, was man tun konnte, und es folgten weitere Sträuße. Gekaufte Blumen, aber auch Blumen aus dem eigenen Garten.
Es wurden Kerzen auf die Stufen gestellt.
Die schnell wieder verschwanden.
Ausgeblasen wurden. Nicht vom Wind. Die Reihenhausnachbarn fürchteten Brandgefahr. Sie waren verunsichert, was noch alles passieren könnte. Nach dieser Sache.
Am Anfang waren die Blumen ein schöner Anblick.
Nach einer Weile fanden die Ersten, dass es reichte.

Man musste es ja nicht übertreiben. Inzwischen kamen Leute, die nicht aus der Nachbarschaft stammten. Sensationslustige. Die Zeitungen druckten das Foto von der blumenübersäten Treppe. Aber solche Aufmerksamkeit wünscht sich keiner.
Irgendjemand sagte, der Tod wäre keine Entschuldigung, was keiner wirklich verstand.
Wer am Ende für die verblühten Blumen verantwortlich war und sie entsorgte und aufräumte, daran hatte niemand gedacht. Und hinter der noch immer versiegelten Tür war niemand. Und so bald würde vermutlich auch niemand dort einziehen.
Eine menschenleere Wohnung.
In deren Wänden das Unglück saß.
Unsichtbare Spuren lassen sich nicht entfernen.
Was würden sie ihren neuen Nachbarn erzählen, die irgendwann dort einzogen.

Sie.
Wie aus dem Ei gepellt.
Egal zu welcher Tageszeit.
Alltag wie Feiertag.
Eine gut aussehende Frau.
Schön, sagten die, die sich nicht scheuten, solch große Worte in den Mund zu nehmen.
Etwas an ihr veranlasste einen, sich nach ihr umzudrehen.
Niemand hatte sie näher gekannt.

Es hatte sich nie ergeben, obwohl die Familie schon eine ganze Weile dort wohnte.
Die Zeit vergeht wie im Flug.
Niemand hat je wirklich mit ihr geredet. Nicht nur höflichen Small Talk, sondern ein Gespräch. Eine richtige Unterhaltung.
Sie war eher zurückgezogen, als hätte sie den Abstand zu ihren Nachbarn selbst gewählt.
So etwas musste man schließlich respektieren.
Auch den anderen beiden Familienmitgliedern war keiner besonders nahegekommen. Sie waren irgendwie immer die Zugezogenen geblieben. Manche wollen das ja so.
Sollte doch jeder sein Leben nach seiner Fasson leben.
Das war immer eine unausgesprochene Regel gewesen, in ihrem Wohnviertel wie anderswo.
Darum hatte vermutlich auch nie jemand bei ihnen geklingelt und sie gebeten, den Plattenspieler leiser zu drehen. Wenigstens ein bisschen. Einen Tick leiser. Die immer gleiche Musik ging bestimmt dem einen oder anderen auf die Nerven. Aber solange der nächtliche Schlaf nicht gestört war, konnte man damit leben.

Er.

Es war sein Lächeln, an das sich alle am besten erinnerten und worüber sie hinterher sprachen.
Er lächelte alle an, dieser Mann, und hatte immer ein paar nette Worte auf Lager. Eine kleine Bemerkung.

Nichts Großes.
Unbedeutende, aufmunternde Bagatellen.
Er war die Pünktlichkeit in Person.
Man konnte die Uhr nach ihm stellen.
Er ging und kam immer exakt zur gleichen Zeit.
Er war ein Mann, auf den man sich verlassen konnte.
Dem man vertrauen konnte.
Er erzählte nie von sich selbst.
Niemand wusste, was er beruflich machte.
Womit er sein Geld verdiente.
Den Kleidern nach zu urteilen irgendwas im Finanz- oder Bankwesen.
An der Börse. Oder in der Immobilienbranche.
Er war der sportliche Typ.
Der Gesichtsfarbe nach zu urteilen ein Naturmensch.
Fast jedes Wochenende packten er und sein Sohn den Wagen und fuhren weg.
Nur sie beide.
Sie ließ sie alleine ziehen.
Es wurde registriert, dass auch sie Wochenendtouren unternahm.
Darum war am Wochenende auch nie störende Musik zu hören.

Der Sohn.
Wenn sie nur irgendwas für ihn hätten tun können.
Die Eltern hatten ihn ziemlich spät bekommen.

Kinder mit so alten Eltern hatten oft etwas Altmodisches an sich.
Irgendjemand hatte etwas zum Lächeln des Jungen gesagt.
Dass sie ihn nur selten haben lächeln sehen.
Das unterschied ihn von seinem Vater.
Simon hieß er.

SIMON

Ich heiße Simon.
Das kannst du nicht wissen.
Woher solltest du es auch wissen.
Dass ich nach dir benannt wurde.
Sie haben mich Simon genannt.
Du bist schuld, dass ich lebe.
Dass ich überhaupt existiere.
So ist das.
Eine schwarze, amerikanische Sängerin ist schuld daran, dass ich geboren wurde.
Du bist schuld, dass ich seit achtzehn Jahren auf der Welt bin und in diesem Moment in einem Zug hocke, der jeden Moment aus dem Bahnhof rollt.
Das ist nicht so merkwürdig, wie es vielleicht klingt.
Es gibt eine einfache Erklärung.
Der Mann, der mein Vater wurde, und die Frau, die meine Mutter wurde, haben sich auf einem Konzert kennengelernt.
Zu dem Konzert sind sie gefahren, um dich zu hören, Nina Simone.
Wie viel sie tatsächlich von dir mitbekommen haben, weiß ich nicht.
Kann sein, dass sie nur mit sich beschäftigt waren.
Liebe auf den ersten Blick. Gibt es das?
Ich kenn mich mit so was nicht aus.
Ich kenne mich mit vielem nicht aus.

Der Zug ist abfahrbereit.
Die Türen sind geschlossen.
Außer einer.
An der einzigen offenen Tür steht der Schaffner, um dem Lokführer das Startsignal zu geben.
Es sind mehr Wagen, als ich dachte.
Fast an der Spitze des Zuges gibt es ein Bordbistro.
Im hinteren Teil sind Schlafwagen für die, die sich so was leisten können.
Noch eine halbe Stunde bis Mitternacht.
Aber vor meinem Fenster ist es nicht dunkel.
In dieser Jahreszeit wird es nie richtig dunkel, und je weiter meine Reise mich führt, umso heller wird es.
Ich habe den Platz getauscht.
Hoffentlich hat der Schaffner nichts dagegen.
Ich muss mit dem Gesicht in Fahrtrichtung sitzen, nicht mit dem Rücken, wie es laut Platzreservierung der Fall gewesen wäre.
Ich muss nach vorne schauen. Die ganze Zeit.
Ich schrecke hoch, als zwei Leute über den Bahnsteig gerannt kommen.
Ein Junge und ein Mädchen.
Außer Atem wuchten sie ihre Taschen die Stufen hoch und schaffen es gerade eben hinterherzuspringen, als der Zug anruckt.
Um ein Haar wären sie gefallen, aber sie halten sich aneinander fest und stützen sich gegenseitig.

Sie lachen übereinander.
Oder sie lachen einander an.
Das weiß ich nicht.
Kann ich nicht erkennen.
Ich schaue nicht so genau hin.
Weil ich ihre Aufmerksamkeit nicht auf mich lenken will.
Ich will meine Ruhe haben.
Darum bin ich hier.
Meine Annahme, dass sie zusammen reisen, ist falsch.
Sie sitzen nicht nebeneinander wie Freunde.
Oder ein Pärchen.
Sie sitzen links und rechts vom Mittelgang am Fenster.
So weit voneinander weg in einer Reihe, wie es nur geht.
Sie haben beide ihre Taschen auf den Sitz neben sich geworfen, wie um andere, unerwünschte Mitreisende daran zu hindern, ihnen unangenehm nah auf die Pelle zu rücken.
Der Zug rollt langsam aus dem Bahnhof.
Macht sich gemächlich auf die lange Reise.
Ich habe ein Ziel, und im Laufe der vor mir liegenden Nacht will ich die Worte niederschreiben, wie sie kommen.
Ich will erzählen, was geschehen ist, wozu so viele Leute eine Meinung haben.
Dies ist meine Geschichte, und ich werde sie so erzählen, wie ich es für richtig halte.
Vor mir liegen eine Menge Stunden.
Die ganze Nacht.

Ich will jede Minute nutzen, bis ich ankomme und der Zug stehen bleibt, weil die Schienen nicht mehr weiterführen.
Der letzte Halt.
Der Laptop liegt auf meinem Schoß.
Ich habe den Deckel aufgeklappt.
Der Bildschirm strahlt mich an.
Das Rauschen des Lüfters wird von den Rädern des Zuges übertönt.
Ich spüre schon jetzt die Wärme des Rechners auf meinen Oberschenkeln.
Ich setze mich bequemer hin.
Richte die Rückenlehne auf.
Sitze aufrecht da.
Und schreibe die erstbesten Worte, die mir in den Sinn kommen.

Liebe Nina Simone,

ich habe noch nie eine Geschichte geschrieben und weiß nicht, wie ich anfangen soll.
Ich habe mehrere Anläufe gemacht, aber alles wieder gelöscht.
Die Worte sind alle in meinem Kopf.
Dort ist die Geschichte bereits komplett erzählt.
Aber hier, mit dem Laptop auf meinem Schoß, verflüchtigen sich die Worte, ehe meine Finger die Tastatur berühren.
Ich habe Zeit.
Ich habe eine Nacht und eine lange Reise vor mir.
Wenn ich ankomme, soll die Geschichte abgeschlossen sein.
Dann will ich alles gesagt haben.
Diese Frist habe ich mir gesetzt.
Ich werde keine Namen nennen.
Es gibt bereits genügend Menschen, die wissen, um wen es sich handelt und wie sie heißen.
Mehr müssen es nicht werden.
Es muss reichen, dass ich meinen Namen nenne: Simon.
Ein ganz gewöhnlicher Name, der nicht in den Zeitungen stand.
Da war ich nur *Der Sohn (18)*, wenn ich überhaupt erwähnt wurde.

Ich habe mal was von einem Schriftsteller gelesen, der meinte, dass alle seine Geschichten enden, wenn seine Protagonisten das Glück finden oder einander kriegen.
Ab da würde die Fortsetzung langweilig werden, sagte er.
Darum enden auch alle Märchen mit: Und sie lebten glücklich bis ans Ende ihrer Tage.
Wenn ich Schriftsteller wäre, würde ich genau dort beginnen.
Mit dem Glück.
Aber ich bin kein Schriftsteller und werde auch nie einer werden.
Der Bildschirm strahlt mein Gesicht bläulich an.

Ich klappe den Laptop zu und gehe in Fahrtrichtung zum Bistrowagen, der die ganze Nacht geöffnet hat. Trotzdem laufe ich, als hätte ich es eilig.
Im Gegensatz zur Nachtruhe in den anderen Wagen herrscht hier Nachtleben.
In den Abteilen schlafen die meisten Fahrgäste. Sie haben sich in Decken eingerollt und schwarze Augenmasken aufgesetzt. Bis auf vereinzelte Schnarcher ist es still.
Im Bistro ist munteres Stimmengewirr zu hören.
Es wird gelacht.
Ein Gast, der gehen will, überlässt mir mit einem stummen Nicken seinen Platz.
Es ist eng an dem Tisch.
Ich bin der Fünfte.
Die anderen spielen Karten und merken nicht einmal, wie ich ihnen mit meinen Beinen in die Quere komme.
Sie scheinen mich überhaupt nicht zu bemerken.
Sie sind ganz auf die Karten konzentriert, die sie auf der Hand haben.
Es riecht nach Essen, aber ich habe keinen Appetit.
Durst habe ich auch nicht.
Aber ich kann hier schließlich nicht einfach rumsitzen, ohne was zu verzehren.
Ich bestelle eine Flasche Wasser.
Ich schaue aus dem Fenster.
Es ist nicht viel zu sehen.
Nur Wald.

Zwischen den Bäumen ist es dunkel, aber der Himmel darüber leuchtet hellblau mit einem rötlichen Schimmer.
In jedem Tunnel, durch den wir fahren, sehe ich mein Spiegelbild in der Scheibe.
Ich drehe den Kopf zur Seite, um mich nicht anstarren zu müssen.
Als die Flasche leer ist, gehe ich zurück zu meinem Platz.
Ich will keinen Platz blockieren, auf den andere vielleicht schon warten.
Jemand, der hungriger und durstiger ist als ich.
Ich klappe den Laptop auf.

Liebe Nina Simone,

du musst entschuldigen, aber ich habe beschlossen, ganz ehrlich zu sein. Ich mochte dich noch nie, konnte dich nie ausstehen. Habe immer versucht abzuschalten, wenn sie deine Platten gespielt haben. Ich hab mir die Ohren zugehalten, die Finger so tief reingesteckt, bis es wehgetan hat. Trotzdem habe ich deine Stimme gehört. Heiser und rau.
Am Anfang habe ich geglaubt, du wärst ein Mann. Ich dachte wirklich, da würde ein Mann singen. So hat sich das für mich angehört.
Als ich klein war, dachte ich, du wärst sauer auf mich. Dass du mich in einer Sprache ausschimpfst, von der ich nicht ein Wort verstanden habe. Inzwischen nicht mehr, aber damals als kleiner Junge hatte ich das Gefühl, irgendwas falsch gemacht zu haben, wenn deine derbe Stimme zu Hause aus den Lautsprechern strömte.
Mama und Papa haben immer auf volle Lautstärke aufgedreht, es konnte ihnen gar nicht laut genug sein. Sie haben sich angeschrien, und ich habe jeden Augenblick damit gerechnet, dass die Nachbarn kommen und sich beschweren. Aber es kam niemand. Wahrscheinlich hätten sie es gar nicht gehört, wenn jemand geklingelt oder an die Wand gepocht hätte. Ich jedenfalls habe dein Klaviergehämmer immer gehört, egal wie fest ich meine Hände auf die Ohren gepresst, wie tief ich die Finger hineingesteckt habe, bis sie knallrot waren.

Es brannte, als hättest du direkt auf meine Ohren eingehämmert. Ich könnte schwören, dass sie geschwollen waren. Da war mir klar, wie sehr ich dich gehasst habe. Und das, ehe ich angefangen hatte, darüber nachzudenken, was es mit der Liebe auf sich hat. Ich weiß nicht, ob es möglich ist, jemanden zu lieben, den man nie getroffen hat. Aber ich weiß, dass es möglich ist, einen wildfremden Menschen zu hassen.

Obwohl ich weder dich noch deine Musik leiden konnte, hatten Papa und ich immer eine gute Zeit zusammen, wenn er deine Plattensammlung durchgeschaut hat. Er wusste von jeder einzelnen Platte, wo und wann er sie gekauft hatte. Und das waren nicht wenige. Unglaublich, wie viele verschiedene Aufnahmen du eingespielt hast. Schier unfassbar.
Papa erklärte, dass längst nicht alle gleich gut sind.
Manche wären reinweg Schrott, meinte er.
Reiner Kommerz, sagte er mit einem verächtlichen Schnaufen.
Aber die besten, die allerbesten, sind echte Meisterwerke, behauptete er, und mir wäre niemals eingefallen, ihm zu widersprechen.
Ich durfte deine Platten nie anfassen.
Er hatte eine Heidenangst, dass ich sie beschädigen könnte.
So war er, mein Vater.
Ich meine, so ist er immer noch.
Und wenn ich Platte sage, meine ich richtige Platten.
Altmodische und zerbrechliche Vinylscheiben.
Papa hat CDs nie akzeptiert. Von denen hat er immer nur herablassend geredet, als wäre diese Erfindung eine moderne und vorübergehende technische Grille.
CDs sind digital und damit tot, sagte er.
Mehr oder weniger perfekt, sagte er und schnaufte wieder verächtlich darüber, dass das Vollkommene als das allein Seligmachende angesehen wurde.

Von Download und Filesharing hat er nie was gehört, und das hätte ihn wahrscheinlich auch auf die Palme gebracht, gesetzestreu, wie er war.
LPs, meinte er, erzählen von gelebtem Leben, von vergangenen Jahren.
Looong Plaaayng, sagte er, jedes Wort in die Länge gezogen.
Klar verkratzen sie. Klar verschleißen sie. Aber jeder Kratzer und jeder Verschleiß hat seine eigene kleine Geschichte.
Man hört einer Platte an, ob sie oft gespielt wurde, auch wenn man noch so pfleglich damit umgeht.
Simon, sagte er einmal, und daran erinnere ich mich gut: Sollte mir irgendwann etwas zustoßen, pass du auf meine Platten auf. Sieh zu, dass niemand anders sie sich unter den Nagel reißt.
Er strich mit den Händen daran entlang, als wären sie das Liebste, das er besaß.
Seine Hände.
Haben mich nie geschlagen.
Ich weiß, dass er das niemals über sich gebracht hätte.

Ich könnte von der Begebenheit schreiben, als auf der Veranda vor meinem Fenster eine Möwe stand.
Ich hatte schon immer Angst vor Vögeln.
Keinen blassen Schimmer, woran das liegt, ich kann mich nicht erinnern, dass mir jemals ein Vogel irgendwas getan hätte.
Ich habe an die Scheibe geklopft und mit den Armen gewedelt und damit gerechnet, dass die Möwe wegfliegt.
Bis mir auffiel, wie wackelig und nur auf einem Bein sie dastand.
Sie hat sich mit einem Flügel abgestützt.
Es sah aus, als wäre eine Körperhälfte gelähmt.
Am nächsten Morgen war die Möwe immer noch da.
Sie stand eingeklemmt zwischen der Wand und einem Blumentopf.
Bis dahin hatte ich nicht gewusst, dass Möwen auf einem Bein stehend schlafen können. Aber sie war ja auch von zwei Seiten gestützt.
Ich rief nach Papa.
Damit er mir hilft.
Es ist bestimmt das Beste, das arme Tier von seinem Leiden zu erlösen, sagte ich und machte einen Spaziergang.
Als ich zurückkam, hatte Papa sich auf einen Stuhl vor die Glastür gesetzt, die auf die Veranda rausführte.
Dort saß er und schaute dem Vogel in die Augen.
Die Möwe blinzelte nicht, soweit ich das sehen konnte.
Ob Papa blinzelte, weiß ich nicht.

Papa …, flüsterte ich.
Ich schaff es nicht, ihr das Leben zu nehmen, flüsterte er zurück.
Genau das hat er gesagt, dass er es nicht schaffen würde, ihr das Leben zu nehmen.
Es dauerte drei Tage, bis kein Leben mehr in dem Vogelkörper war.
Papa war immer wieder in mein Zimmer gekommen, um zu schauen, ob sich was getan hatte.
Sie ist nicht einfach tot umgefallen.
Sie stand zwischen dem Blumentopf und der Wand.
Am vierten Tag hat Papa die Tür geöffnet.
Er hatte noch nicht den Fuß auf den Boden draußen gesetzt, als wir die Schreie um ihn herum hörten.
Sie kamen von einem Möwenschwarm.
Eine ganze Heerschar Möwen, die den Himmel füllten und die Sonne verdeckten.
Die Möwen klagten über den Hausdächern.
Sie kamen näher und entfernten sich, immer wieder, aber keine traute sich ganz heran, wo Papa wie gelähmt von ihrem Anblick und den Lauten stand, die sie von sich gaben.
Ich hab die Zeit nicht gestoppt, aber das Ganze dauerte nicht lange.
Eine Minute. Vielleicht zwei.
Dann wurde es genau so abrupt still, wie der Lärm entstanden war.

Mama wusste, was zu tun war.
Wir mussten den toten Vogel so schnell wie möglich loswerden, bevor er zu stinken anfing, sagte sie. Und ohne ein weiteres Wort packte sie ihn in einen schwarzen Müllsack.
Sie drückte mir den Müllsack in die Hand, aber ich habe ihn nicht in unsere Mülltonne geworfen.
Ich war zwar kein kleiner Junge mehr, trotzdem habe ich die tote Möwe in einem nahe gelegenen Park begraben. Aber ein Kreuz hab ich nicht aufgestellt. Aus dem Alter war ich nun wirklich raus.
Später kam mir in den Sinn, dass der Vogel vermutlich nicht verweste, solange er in dem Plastiksack lag. Vielleicht ist er ja immer noch vollständig erhalten.

Papa liebte die Stille, und am liebsten teilte er sie mit mir.
Unsere gemeinsamen Wochenendausflüge machten meine Kindheit zu einer schönen Kindheit.
Das würden mir alle glauben, wenn ich das schreibe. Viele Leute haben sicher gute Gründe, mir die gemeinsamen Tage mit Papa madig zu machen.
Wir schlugen unser Zelt weit von jeder Bebauung auf.
Wir hatten immer einen Einweggrill und Würste dabei, die wir in dem letzten Supermarkt kauften, an dem wir vorbeikamen.
Für Papa war Essen immer unglaublich wichtig. Da war er ziemlich wählerisch, oder vielleicht sollte ich besser sagen verwöhnt.
Aber auf unseren Ausflügen gab es nie was anderes als Grillwürste, am besten solche, die im Sonderangebot waren.
Dazu gab es trockene Brötchen und Senf und Ketchup, die noch von früheren Touren übrig waren.
Alles andere sei vergeudete Mühe und rausgeschmissenes Geld, meinte Papa. Würste verkohlen so oder so auf dem Grill, egal wie teuer sie sind, und damit hatte er recht.
Unsere Würste waren immer total verkohlt. Wir haben es nie geschafft, ordentlich auf sie aufzupassen. Es gab so viele wichtigere Dinge als ein paar verkohlte Würstchen.
Der Senf war schon lange übers Verfallsdatum hinaus und der Ketchup unmöglich aus der Flasche zu kriegen, weil der enge Verschluss völlig angetrocknet und verstopft war.

Ich konnte mir nichts Besseres vorstellen, als vor dem viereckigen Grill zu sitzen und auf irgendeinen See zu blicken, dessen Namen wir nicht kannten. Wir fuhren jedes Mal woanders hin und sahen den steigenden Fischen zu, während die Mücken uns umschwärmten.

Geangelt haben wir nie.

Nicht, weil wir keinen Fisch mochten. Papa war ein großer Fischliebhaber. Daran erinnerte er mich immer, wenn wir so nebeneinander saßen und die Ringe auf der ansonsten glatten Wasseroberfläche beobachteten. Aber angeln wollte er deshalb trotzdem nicht. Ich glaube, das Säubern der Fische machte ihm zu viel Dreck. Zu Hause war Mama dafür zuständig. Er war der Meinung, das sei ihre Aufgabe.

Mama durfte uns nie auf unsere Ausflüge begleiten. Sie hatte dort nichts zu suchen. Wir haben nie darüber gesprochen. Es hatte sich einfach so ergeben.

Papa und ich konnten stundenlang nebeneinandersitzen, ohne was zu sagen. In der Stille waren wir uns ganz nah, Worte hätten das nur kaputt gemacht.

Ich muss ziemlich klein gewesen sein, als Papa und ich unseren ersten Ausflug gemacht haben. Ich erinnere mich nicht mehr, wann das war und wo es hinging.

Dafür erinnere ich mich umso besser an die letzte Tour. Papa hat nicht gemerkt, dass ich ihn beobachtete. Wahrscheinlich glaubte er, dass ich noch schlief. Er hat nicht registriert, dass ich wach geworden bin, als er das Zelt verlassen hat.

Weil ich mich schlafend gestellt habe.
Dabei habe ich heimlich aus der Zeltöffnung geschaut und Papa unten am Wassersaum stehen sehen. Er hatte mir den Rücken zugekehrt und schaute über den See.
Das fand ich nicht weiter verwunderlich, wohl aber die Tatsache, dass er nackt war. Das hört sich vielleicht seltsam an, aber ich konnte mich nicht erinnern, meinen Vater jemals nackt gesehen zu haben. Und jetzt stand er dort, als wäre es das Natürlichste auf der Welt.
Wir waren immer sehr strikt mit der Kleidung.
Mama erlaubte weder Papa noch mir, uns mit nacktem Oberkörper an den Tisch zu setzen, egal wie heiß es war oder ob wir uns am Strand oder wo auch immer befanden. Und die Badezimmertür war immer geschlossen und man betrat und verließ das Bad grundsätzlich angezogen.
Und nun stand also Papa dort an dem kleinen Strand ohne einen Faden am Körper. So wie er sicher zu sein schien, dass ich schlief, schien er auch sicher zu sein, dass niemand überraschend aus dem Wald auftauchte.
Der Grund des Sees war schlammig, er war bis zu den Knöcheln im Morast eingesunken.
Es war ein schöner Morgen und das Wasser warm genug.
Ich dachte, er wollte ein morgendliches Bad nehmen.
Aber er blieb einfach still stehen.
Ganz still und rührte sich nicht.
Mich überkam das beängstigende Gefühl, dass er ganz in dem schlammigen Grund versank, wenn er zu lange dort

stand, obwohl ich natürlich wusste, dass das nicht passieren würde.
Papa würde sich nicht runterziehen lassen.
Glaubte ich.
Er war blass, obwohl er eigentlich einen gesunden Teint hatte. Er legte Wert darauf, frisch, fit und gesund auszusehen. Braun gebrannt, aber nicht solariumbraun. Papa hätte sich niemals auf eine Sonnenliege gelegt.
Ich sah graue Haare auf seinen Schultern wachsen, grau und gelockt.
Ich sah ihn von hinten, sein kalkweißes Hinterteil, schlaff und faltig.
Alt, schoss mir durch den Kopf.
Papa war alt.
Ein alter Mann.
Mir gefiel nicht, was ich sah.
Ich kannte mich mit alten Männern nicht aus.
In dem Augenblick dachte ich, dass dies unser letzter gemeinsamer Ausflug war.
Ich bin froh, dass ich damals noch nicht wusste, wie recht ich damit hatte.

Mama hatte eine schöne Gesangsstimme.
Jemand hat mal gesagt, sie sänge wie ein Engel.
Komisch, dass ich gerade jetzt daran denke.
Wenn Mama sang, war keine Verwechslung möglich.
Da glaubte keiner, dass da ein Mann sänge. Ihre Stimme war ganz anders als deine, Nina Simone.
Sie konnte die Töne so lange halten, wie sie es wollte. Sie spielte mit ihnen. Ließ sie in höchste Höhe steigen und bis auf den tiefsten Grund.
Sie liebte das Singen.
Und zugleich war es ihre große Trauer, wie sie oft sagte.
Sie bedauerte, nie richtig singen gelernt zu haben.
Sie hat keine einzige Gesangsstunde in ihrem Leben gehabt.
Als junges Mädchen nicht.
Und später auch nicht.
Sie konnte keine Noten lesen, lernte die Melodien nach einmal oder mehrmals hören.
Ihre Eltern, die ich nie kennengelernt habe, meinten, Gesangsunterricht wäre rausgeschmissenes Geld.
Leider habe sie das Versäumte auch später im Leben nicht nachholen können, sagte sie und zeigte deutlich, wie traurig sie darüber war.
Als ich klein war, hat sie für mich gesungen, wenn wir alleine zu Hause waren.
Dann durfte ich mich in ihren Arm kuscheln, mich an ihre Schulter lehnen und ihren Mamaduft einatmen.

Ich erinnere mich nicht, wann sie aufgehört hat, für mich zu singen.
Das passierte nicht von einem Tag auf den anderen.
Es kam einfach irgendwann wie so vieles andere.
Ich habe vergessen, sie darum zu bitten, und habe es nicht vermisst.
Sie war in einem Chor, der einen Abend in der Woche Probe hatte.
Und jeden Sonntag sangen sie im Gottesdienst.
Ich bin nie hingegangen.
Wenn Papa und ich von unseren Wochenendausflügen nach Hause kamen, war es zu spät.

Als ich noch zu klein war, um alleine zu Hause zu bleiben, bin ich mit Mama in die Stadt gefahren.
Ich saß draußen auf der Treppe und wartete, dass sie fertig wurde.
Sie legte großen Wert darauf, dass ich ordentlich angezogen war, wenn wir einkaufen gingen. Darum saß ich ganz still da und traute mich nicht, einen Schritt auf den Kiesweg zu machen, ehe sie rauskam und mich an die Hand nahm. Ich hatte Angst, mich dreckig zu machen. Weil ich mich dann noch mal hätte umziehen müssen und es noch länger gedauert hätte, bis wir loskamen.
Mama brauchte viel Zeit, ehe sie mit sich zufrieden war.
Ich fand es unangenehm, im gleichen Raum zu sein wie sie, wenn sie sich zurechtmachte.
Und sie wollte nicht gestört werden, wenn sie ihr Gesicht anmalte.
Ein kleiner Fehlgriff, ein winziger Strich, der nicht akkurat saß, und sie fing noch mal von vorne an.
Sie veränderte sich vor dem Spiegel auf dem Schminktisch.
In eine andere Mama.
Nicht die Mama, die sie in unseren vier Wänden war.
Sie verwandelte sich in eine *Ausgehmama*.
Das war meine eigene Wortschöpfung. Sie lächelte, wenn ich sie so nannte. Nickte mir zu und meinte, dass es genau so sein sollte.
Es dauerte alles lange, auch in den Läden.

Ich saß auf einem Stuhl und wartete, während sie Sachen mit in die Umkleidekabine nahm.
Wir gingen in viele Geschäfte und Einkaufszentren, und sie probierte unendlich viele Sachen an.
Blusen, Röcke, Hosen.
Kleider für zu Hause.
Kleider zum Einkaufen.
Kleider zum Ausgehen.
Kleider für Feste.
Dass sie nie zu einem Fest eingeladen war oder ausging, fiel mir erst auf, als ich älter wurde.
Sie änderte ständig ihre Meinung über die Farbe eines gewählten Kleidungsstückes, weil es nicht zu dem nächsten Teil passte, das sie probierte.
Ich musste ganz still dasitzen, und sie nahm mich überhaupt nicht wahr, während sie zwischen der Umkleidekabine und den Kleiderständern hin und her lief.
Wenn wir schon die Mühe auf uns nehmen, in die Stadt zu fahren, müssen wir die Zeit auch so gut wie möglich nutzen, sagte sie, ohne mich jemals nach meiner Meinung zu fragen.
Sie kaufte nur selten etwas von den Sachen, die sie anprobierte.
Oft kamen wir mit leeren Händen nach Hause.
Ich möchte kein falsches Bild von ihr malen, Nina Simone, aber ich erzähle es trotzdem.
An einem Tag, an dem wir in unendlich vielen Läden gewesen waren, hoffte ich, dass Mama nun auch so

erschöpft war, dass wir mit dem Bus nach Hause fahren konnten.
Aber an diesem Tag schien rein gar nichts sie stoppen zu können.
Es war streng verboten, etwas Essbares mit in einen Kleiderladen zu nehmen, nicht mal ein kleines Eis.
Ich musste aufs Klo.
Das versuchte ich, Mama durch den Vorhang der Umkleidekabine mitzuteilen.
Aber sie summte eins ihrer Lieblingslieder und hörte mich nicht.
Ich setzte mich wieder auf meinen Stuhl und versuchte, an etwas anderes zu denken, aber mir fiel einfach nichts ein.
Ich stand auf und kniff die Beine zusammen. Krümmte mich und drückte eine Hand auf den Hosenschlitz. Die andere Hand schob ich in die Hosentasche und kniff die Pimmelspitze zu.
Aber das hilft auch nicht ewig.
Ich hätte vor Freude hüpfen können, als ich entdeckte, dass es am anderen Ende der Etage eine Toilette gab, neben der Sportabteilung.
Ich lief im Zickzack zwischen Fahrradhelmen, Fußbällen und Badeshorts hindurch.
Um ein Haar hätte ich einen Ständer mit Powerdrinks umgerissen.
Ich stürmte in die Toilette, um festzustellen, dass die Tür der Kabine für Groß und Klein, egal, was wir auf der anderen

Seite der Tür zu erledigen hatten, nur mit einer Münze zu öffnen war.
Ich würde es nicht zurück zu Mama schaffen, um das Geld zu holen.
Die ersten Tropfen bildeten schon dunkle Flecken auf meiner Hose, ich hatte keine Kraft mehr, den Rest zurückzuhalten.
Mir stieg die Schamröte ins Gesicht und ich bekam Gänsehaut, als ich mir Mamas Gesichtsausdruck vorstellte, wenn sie mich mit meiner vollgepinkelten Hose sah.
Und da kam mir die rettende Idee.
Ich schlüpfte in eine Umkleidekabine, schaffte es noch, den Vorhang zuzuziehen, ehe ich den Reißverschluss aufriss und die Unterhose runterschob.
Ich hatte das Gefühl, überhaupt nicht fertig zu werden, und überlegte panisch, wie ich es schaffen sollte, mich zu verdrücken, ehe das Pipirinnsal auf der anderen Seite des Vorhangs angekommen war.
Es ging gut.
Ich konnte entwischen, ehe ich erwischt wurde.
Ich hatte Glück.
Jemand hatte ein Hemd in der Kabine hängen lassen, das nahm ich, um hinter mir aufzuwischen. Ich hab das Hemd in eine Ecke gestopft, wo es erst einmal nicht gefunden werden würde.
Ich ging zurück zu meinem Stuhl, auf dem ich bis vor wenigen Minuten gesessen hatte und setzte mich wieder hin, als wäre ich gar nicht weg gewesen.

Und dort saß ich dann. Lange.
Ohne dass etwas passierte.
Nach einer halben Ewigkeit kam eine Verkäuferin zu mir und fragte mich, warum ich dort säße.
Ich hatte eingebläut bekommen, nicht mit fremden Menschen zu sprechen, egal, was sie von mir wollten. Darum tat ich so, als würde ich sie nicht verstehen.
Und sie glaubten, dass ich sie nicht verstehe.
Dass ich wohl ein armer Ausländer sei, den jemand auf diesen Stuhl gesetzt hatte. Aber jetzt wollten sie schließen.
So habe ich es erfahren.
Dass Mama nicht mehr dort war.
Dass Mama ohne mich gegangen war.
Dass sie vergessen hatte, dass ich mit ihr dort war.
Es konnte passieren, dass sie lachte, wenn sie mich später an diesen Tag erinnerte.
Sie lachte über sich selbst, ihre Zerstreutheit.
Dass so was möglich ist, sagte sie.
Ich fand das nie zum Lachen.
Papa lachte auch nicht, als er mich abholen kam, nachdem sie seine Telefonnummer gefunden hatten, die ich immer auf einem Zettel in meiner Tasche dabeihatte.
An dem Abend habe ich dich singen hören, Nina Simone.
Lauter als je zuvor. Ich musste mir die Ohren noch fester zuhalten als sonst.
Als es still wurde, kam Papa aus dem Schlafzimmer, in das er und Mama verschwunden waren, sobald wir zu Hause

ankamen. Er legte seine Arme um meine Schultern, zog mich an sich und flüsterte mit seiner liebevollen Stimme: »Mein Junge!«
Mama kam früh am nächsten Morgen aus dem Schlafzimmer.
Da hatte sie sich bereits in die *Ausgehmama* verwandelt. Sie sagte, dass sie einen kleinen Spaziergang machen wollte, aber das war kein kleiner Spaziergang.
Papa hat an dem Tag zu Hause gearbeitet, und sie kam erst spät nachmittags zurück.

Mamas Narben waren äußerlich nicht zu sehen, und die blauen Flecken verbarg sie unter der Schminke, die sie auflegte, wenn sie das Haus verließ und zur *Ausgehmama* wurde. Sie hat versucht, mir was vorzumachen. Dass die Flecken an den Armen und am Hals nicht das waren, was sie zu sein schienen. Sie redete mir ein, dass ich nur nicht glauben sollte, das wären gewöhnliche blaue Flecken. Nichts da. Das sah nur so aus, wollte sie mich glauben machen. Sie erzählte mir, wie schrecklich empfindlich sie wäre. Dass es nicht viel bräuchte, dass ihre Haut diese blauen Flecken bekäme. Sie kriegte schon blaue Flecken, wenn die Leute sie nur schief ansahen, sagte sie und versuchte, über ihren eigenen Versuch, witzig zu sein, zu lachen. Sie hatte einen Namen für diese Krankheit, aber den habe ich vergessen, weshalb ich nicht sagen kann, ob es so eine Krankheit tatsächlich gibt oder ob sie das alles nur erfunden hat. Sie hat eigentlich nie gelogen. In ihrer Fantasie gab es die Krankheit wahrscheinlich wirklich. Ich habe niemals rausgekriegt, ob sie diese Krankheit als Trost für sich selber brauchte. Ich war noch zu klein, um die richtigen Fragen zu stellen. Aber was hätte ich fragen sollen, als ich größer wurde?

Ich war zum ersten Mal alleine im Urlaub gewesen, auf meiner ersten, richtigen Reise im Ausland.
Ich habe niemandem erzählt, dass Papa die Reise bezahlt hat.
Und ich werde es auch nirgendwo aufschreiben.
Das sage ich nur dir, Nina Simone.
Papa hat mich regelrecht dazu gedrängt.
Das ist mir erst im Nachhinein klar geworden.
Er hatte ja recht, dass ich mal rausmüsste.
Das braucht jeder mal.
So ein bisschen Luft unter den Flügeln tut jedem gut, wie er es ausdrückte.
Ich wäre kein Junge mehr, sagte er und zwinkerte mich an, schlug mir freundschaftlich auf die Schulter.
Es stimmt, ich habe mich gewundert, dass Mama bei meiner Rückkehr nicht zu Hause war.
Sie ist mit dem Chor unterwegs, sagte Papa, als würde sie das öfter machen.
Ich fragte, wieso sie mir vor meiner Abreise nichts davon gesagt hätte.
Weil das sehr kurzfristig kam, meinte er.
Ich fand es trotzdem merkwürdig, dass sie mich nicht angerufen hatte, aber Papa erklärte, sie wäre in den Bergen und dort hätte sie keinen Empfang. Er sagte mir, wie der Ort hieß und dass er mehrmals versucht hätte, sie anzurufen, ohne Erfolg.

Papa verließ das Haus wie gewohnt und kam gegen vier, fünf Uhr nach Hause.
Wir aßen nicht zusammen.
Papa sagte, er hätte schon mit ein paar Kollegen in der Kantine gegessen. Eine Art Arbeitsessen, erklärte er, um Überstunden zu vermeiden.
Er gab mir Geld, damit ich mir eine Pizza bestellen oder in einem Café in der Nähe was essen konnte. *Best Kebab in town* blinkte es mit bunten Neonschleifen über dem Eingang, was keiner wirklich glaubte.
Ich hatte keinen Appetit.
Ich war unruhig.
Spürte eine Angst, die ich nicht richtig einordnen konnte und noch nie so gespürt hatte.
Ich habe in diesen Tagen nicht viel mit Papa gesprochen. Wenn er bei der Arbeit war, war ich allein zu Hause und ging nur raus, wenn es sich gar nicht vermeiden ließ.
Mehrmals am Tag glaubte ich, ihre vertrauten Schritte auf der Treppe zu hören, aber es wurde kein Schlüssel ins Schloss gesteckt.
Ich versuchte, mich zu überzeugen, indem ich mir immer wieder laut und deutlich vorsagte, dass nichts Schlimmes passiert wäre. Lachte, weil ich mich so leicht beunruhigen ließ.
Mama war ein erwachsener, eigenständiger Mensch, tröstete ich mich, sie durfte tun und lassen, was sie wollte. Sie durfte hinfahren und sein, wo sie wollte.

Aber ich konnte mich ums Verrecken nicht erinnern, dass sie schon jemals so lange weggewesen war.
Selbst, wenn sie nur einen Abend nicht da war, hatte sie etwas zu essen für mich gemacht.
Was das betraf, hatte sie mich verwöhnt.
Das muss ich zugeben.
Wenn Papa nach Hause kam, ging ich raus.
Häufig gaben wir uns die Klinke in die Hand.
Ich hatte einen Job in einem großen Kiosk, fast einem kleinen Laden.
Eigentlich sprang ich nur nach Bedarf ein, aber im Moment arbeitete ich mehr als sonst und hatte eine größere Verantwortung. Das mit der Verantwortung gefiel mir gut. Und ich war stolz über das Vertrauen, das mir entgegengebracht wurde.
Dabei hätte ich die Arbeit in dieser Zeit am liebsten in den Wind geschossen.
Obwohl ich gleichzeitig auch nicht zu Hause hocken und auf Mama warten wollte. Außerdem fiel mir niemand ein, der so kurzfristig für mich einspringen konnte. Und ich konnte ja wohl schlecht meinen Chef anrufen und sagen, ich könnte nicht zur Arbeit kommen, weil ich mir Sorgen um meine Mutter machte. Außerdem brauchte ich das Geld.
Ich kann nicht sagen, wie oft ich glaubte, sie den Kiosk betreten zu sehen.
Sobald die Kundin zu mir an die Kasse kam, sah ich, dass sie ihr überhaupt nicht ähnlich sah.

Ich schlug Papa vor, die Familien der anderen Chormitglieder anzurufen.
Um nachzufragen, ob sie was gehört hatten.
Ob sie wussten, ob alles in Ordnung war.
Papa schüttelte den Kopf und antwortete, dass er andere Menschen nicht mit unseren Problemen belämmern wollte.
Was für Probleme?, fragte ich.
Es gibt viel, das du über deine Mutter nicht weißt, sagte er.

Am Sonntagmorgen wurde ich davon wach, dass ich dich singen hörte, Nina Simone.
Deine Stimme kam aus Mamas und Papas Schlafzimmer.
Ich war zugleich erleichtert und traurig, als ich dich hörte.
Traurig, weil ich wusste, was Papa jetzt mit Mama machte.
Erleichtert, weil sie zurückgekommen war und ich mir grundlos Sorgen gemacht hatte.
Es konnte gut sein, dass Mama nach Hause gekommen war, ohne dass ich es mitbekommen hatte.
Ich hatte eine Doppelschicht im Kiosk gehabt und war nach Hause gekommen, als es schon hell wurde. Es war ganz still im Haus. Ich war hundemüde und ging direkt in mein Zimmer und ins Bett.
Die Tür zu Mamas und Papas Schlafzimmer war wie immer geschlossen. Ich kannte es nicht anders als einen für mich verschlossenen Raum.
Eine offene Tür wäre mir aufgefallen.
Ich kannte das Lied gut, das zu hören war.
Einer von Papas Lieblingssongs.
Manchmal hat er ihn zusammen mit dir gesungen, Nina Simone. Aber du singst viel besser als er, muss ich zugeben.
Ich kann nicht besonders gut Englisch. Brauchte irgendwie nie eine Fremdsprache, also habe ich mich da nicht weiter reingehängt. Das ist wahrscheinlich nicht sehr schlau von mir. Aber vielleicht ist es ja noch nicht zu spät.
Keine Ahnung.

Trotzdem verstehe ich den Titel des Liedes.
I put a spell on you.
Das bedeutet so ungefähr, dass jemand jemanden verhext hat. Das hat was mit Zauberei zu tun. Magie. Vielleicht auch, Macht über jemanden zu kriegen oder so.
Deine Stimme wurde lauter.
Du hast nicht mehr gesungen.
Du hast gerufen:
I love you! I love you! I love you!
Immer lauter hast du die gleichen drei Worte gerufen, die so schwer in der eigenen Sprache auszusprechen sind. Weil sie da mehr bedeuten. Viel wahrer sind.
Ich liebe dich! Ich liebe dich! Ich liebe dich!
Mama, murmelte ich leise vor mich hin.
Mama, hier bin ich. Ich bin's. Dein Sohn. Simon.
Ich wollte sie rufen, aber meine Stimme gehorchte mir nicht.
Ganz vorsichtig öffnete ich die Tür.
Nein.
Ich trat sie auf.
Mit aller Kraft, die ich in meinem linken Fuß hatte, und die Tür knallte gegen die Wand, dass das ganze Haus erzitterte.
Papa war alleine im Zimmer.
Er saß auf der Bettkante.
Mit dem Rücken zu mir.
Er drehte sich um.
Langsam.
Der Verstärker stand auf höchster Stufe.

Er hatte den Knall der Tür nicht gehört.
Ich blieb auf der Türschwelle stehen.
Papa hielt das Plattencover in der Hand und wollte mit mir über dich sprechen, Nina Simone.
Hör sie dir an, sagte er. Hör dir an, wie sie das Klavier traktiert. Klassische Ausbildung, sagte er. Aber ihre Stimme. Die Tonlage. Das ist traditioneller Jazz. Da soll keiner kommen und was anderes behaupten. Das ist genial, sagte er.

Sie haben mich gefragt, wieso ich das nicht gemeldet habe.
Dann fragten sie, wieso ich ihre Frage nicht beantworten wollte.
Das hatte mit Wollen nichts zu tun.
Ich konnte darauf nicht antworten.
Sie forderten mich auf, darüber nachzudenken, wann die Veränderungen eingesetzt hatten.
Veränderungen?, fragte ich und verstand nicht, wovon sie sprachen.
Ich habe keine Veränderungen bei uns zu Hause bemerkt.
Es war alles wie immer.
Melden, dachte ich.
Das war das Gleiche wie anzeigen.
Was wäre dann aus mir geworden?
Dazu äußerten sie sich nicht.
Ich habe es viele Male gesagt und hoffte, dass sie mir glaubten.
Dass Papa mir niemals wehgetan hat.
Papa ist nicht so.

Liebe Nina Simone,

Mama kam nicht zurück.
Ich weiß nicht, wie ich meine Gefühle in Worte fassen soll.
Also versuche ich lieber zu erzählen, was passiert ist und wie es passiert ist.
Ich hörte nicht auf Papa.
Nein, das tat ich nicht.
Ich rief ein paar andere Leute aus dem Chor an.
Unter anderem die Leiterin oder Dirigentin oder wie die heißt. Gleich beim ersten Versuch habe ich sie erreicht.
Mama schien bei der Chorprobe viel Gutes über mich erzählt zu haben.
Die Chorleiterin, den Namen habe ich vergessen,
sagte, dass sie sich freute, mich am Apparat zu haben, aber dass es sie noch mehr freuen würde, mich mal persönlich kennenzulernen. Ich konnte ihrer Stimme das Lächeln anhören.
Sie wunderte sich bestimmt, wieso ich sie anrief.
Sie fragte nicht direkt nach, aber ihr dürfte schon klar gewesen sein, dass das kein gewöhnliches und zufälliges Telefonat war. Sie war beherrscht neugierig, die Pausen, wenn keinem von uns was zu sagen einfiel, waren erwartungsvoll gespannt.
Ich nahm all meinen Mut zusammen und fragte sie direkt nach der Chorfreizeit.
Sie wusste nicht, was ich meinte.
Was für eine Chorfreizeit?, fragte sie.
Na, die Chorfreizeit eben.

Wir haben keine Chorfreizeit gemacht, sagte sie.
Nur eine verlängerte Chorprobe, sozusagen.
Aha, sagte ich.
Eine Chorprobe in ungewohnter Umgebung.
Aha, sagte ich noch einmal.
Wir dachten uns, das könnte inspirierend sein. Dass man sich in ungewohnter Umgebung besser auf Neues und Unbekanntes konzentrieren kann.
Eins unserer spannendsten Konzerte steht kurz bevor, sagte sie, als hätte ich sie um eine Erklärung für den Chorausflug in die Berge gebeten.
Viel mehr sagten wir nicht.
Ich brachte nicht mehr Fragen heraus.
Das war schwieriger, als ich dachte.
Offenbar hatte ich mehr Angst vor den Antworten, als ich es mir jemals eingestanden hätte.
Sie sagte noch etwas über das launische Wetter, viel Wind, etwas Regen, aber zwischendurch auch Sonne, was mich nicht weiter interessierte.
Einen kurzen Augenblick lang hatte ich das Gefühl, alles wäre so, wie es sein sollte, und dass ich mich darüber freuen sollte.
Ich wollte gerade auflegen, als sie sagte, ich solle meine Mutter herzlich grüßen.
Grüßen?, fragte ich.
Und danken, sagte sie.
Danken?, fragte ich.

Grüß sie und dank ihr noch mal für ihren Einsatz, sagte die Chorleiterin und fügte hinzu, dass der Chor Menschen wie sie brauchte. Umso bedauerlicher, fuhr die Chorleiterin fort, dass sie uns so früh verlassen musste.

Verlassen?, fragte ich, das Wort gefiel mir gar nicht.

Ja, sagte die Chorleiterin. Sie ist einfach abgereist, ohne einen Grund zu nennen.

Ich schwieg, und mein Schweigen machte sie unsicher.

Sie wiederholte stotternd, dass Mama einfach gefahren wäre. Sie hat ihre Sachen gepackt und sich nicht einmal richtig von uns verabschiedet, ehe sie nach Hause gefahren ist.

Nach Hause?

Ja, nach Hause, sagte die Chorleiterin.

Wann?

Vor uns anderen, sagte sie.

Ich wollte nicht mehr wissen.

Ich legte den Hörer weg und drückte die rote Taste, falls die Chorleiterin versuchte, mich zurückzurufen, weil sie dachte, unser Gespräch wäre unterbrochen worden.

Papa wollte nicht, dass ich mit zur Polizei kam, um Mama vermisst zu melden.
Ich sollte besser zu Hause bleiben.
Falls Mama plötzlich auftaucht, sagte er.
Dann muss doch einer da sein, um sie in Empfang zu nehmen.
Sobald er die Wohnung verlassen hatte, rief ich Mamas Handy an und hinterließ die gleiche Nachricht wie schon die letzten Tage.
Mama. Ich bin's nur. Simon. Kannst du zurückrufen? Bitte.
Ein Foto, schoss mir durch den Kopf.
Papa brauchte ein Foto, damit sie wussten, nach wem sie suchen sollten.
Ich rief hinter ihm her, aber er saß bereits im Auto und hörte mich nicht mehr.
Ich hatte eine Spätschicht im Kiosk hinter mir und hätte schlafen müssen.
Ich legte mich auf das Sofa im Wohnzimmer.
Von dort hatte ich die Haustür im Blick.
Schlaf fand ich keinen.
Ich schaffte es nicht einmal, die Augen zuzumachen.
Ich war hellwach und zugleich todmüde.
Ich nahm mir eine Zeitung und stellte fest, dass sie eine Woche alt war, als ich sie durchgeblättert hatte.
Mir war gar nicht aufgefallen, dass dort keine einzige Neuigkeit stand.
Ich schaltete den Fernseher ein.

Ließ ihn laufen, obwohl ich nicht folgen konnte.
Es lief irgendeine Serie.
Draußen hatte es zu regnen begonnen.
Ich habe Regen schon immer gemocht. Hatte nie was dagegen, wenn er mir ins Gesicht peitschte.
Im Gegenteil, ich fand das schön. Erfrischend und wohltuend.
Die Regentropfen an der Scheibe waren Tränen. Ich drehte mich weg.
Ein Foto, dachte ich wieder.
Ich muss ein Foto von Mama suchen.
Das könnte ich dann später bei der Polizei abgeben. Und Papa hütete unterdessen das Haus.
Ich fand kein Foto von Mama.
Kein aktuelles jedenfalls.
Nur alte Familienbilder.
Auf allen war ich als kleiner Junge zu sehen. Ich konnte mich nicht erinnern, wann wir aufgehört hatten, uns gegenseitig zu fotografieren.
Ich habe kein einziges Foto von Mama auf meinem
PC.
Da ist nur eins von Papa gespeichert, aus großer Entfernung an irgendeinem Teich oder Waldsee.
Ansonsten habe ich nur Landschaftsaufnahmen.
Ich hatte schon immer ein Faible für Sonnenuntergänge, frag mich nicht, wieso.
Papa hat nie eine Digitalkamera besessen.

Digitale Fotos verschwinden im Nirwana, meinte er.
Weil sie niemals ausgedruckt werden.
Da hatte er recht.
Das einzige Bild von Mama, das ich gefunden habe,
war ein kleines und altes Foto für die Bankkarte.
Da sieht sie sich gar nicht ähnlich.
Wie niemand auf diesen Karten.

Sie haben nicht nach einem Foto gefragt, sagte Papa.
Weil sie keins brauchen. Vorläufig nicht.
Wie lange wollen sie warten?, fragte ich.
Bis es notwendig wird, sie zur Fahndung auszuschreiben, antwortete Papa.
Warum nicht jetzt gleich?, wollte ich wissen.
Papa zog die Schultern hoch.
Er brauchte Bedenkzeit, ehe er noch mehr sagte.
Wollte nichts Falsches sagen.
Sie wird noch nicht lange genug vermisst, sagte er schließlich.
Ich habe sie die ganze Zeit vermisst, sagte ich.
Papa lächelte mich an, tröstend vermutlich, aber es kam nicht bei mir an.
Es sind erst ein paar Tage vergangen.
Sie ist verschwunden!, protestierte ich.
Papa schüttelte bedächtig den Kopf.
Wir können nicht wirklich sicher sein, ob sie verschwunden ist.
Sie ist nicht hier!, rief ich.
Papa bewahrte die Ruhe.
Laut Statistik …
Ich senkte meine Stimme nicht. Mama ist keine Statistik!
Papa wollte seine Hand auf meine Hand legen, aber ich schob die Arme hinter den Rücken, damit er nicht drankam.
Die meisten verschwundenen Personen tauchen irgendwann wieder auf, sagte er.

Ich versuchte, mich zu beherrschen.
Wieso bist du so sicher, dass sie das tut?, fragte ich.
Wenn die meisten wieder auftauchen, wird deine Mutter das auch tun, sagte Papa.
Haben sie das auch bei der Polizei gesagt?, fragte ich.
Das ist allgemein bekannt, antwortete Papa.
Das beruhigte mich kein bisschen.
Mir nicht!, schrie ich.
Setz dich, sagte Papa, und ich tat, was er sagte.
Wir saßen beide am Küchentisch.
An den schmalen Enden, die lange Tischplatte zwischen uns. Wir waren beide stumm.
Beide ängstlich darauf bedacht, nichts zu sagen, was wir im nächsten Moment bereuten.
Papa nahm die Brille ab, kniff die Augen zusammen und massierte seine Schläfen mit den Handballen. Das tat er immer, um seine Gedanken zu sortieren.
Er war es, der das Schweigen brach.
Es gibt so viel, von dem du nichts weißt, begann er.
Das hatte er schon öfter gesagt, und ich war nach wie vor unsicher, ob ich wirklich mehr wissen wollte.
Ich machte Anstalten aufzustehen, aber er gab mir ein deutliches Zeichen, sitzen zu bleiben.
Er nahm einen kleinen Schluck Kaffee aus der Tasse, die vor ihm auf dem Küchentisch stand. Papa hatte noch nie heißen Kaffee gemocht. Er hat schon immer gewartet, bis alle anderen ihren längst ausgetrunken hatten. Aber von

dieser Tasse schien er komplett vergessen zu haben, dass er sie sich eingeschenkt hatte. Wahrscheinlich stand sie schon seit dem Frühstück dort.

Deine Mutter hat Geld vom Konto abgehoben, sagte er.

Das fand ich nicht weiter verwunderlich. Sie wollte schließlich mehrere Tage unterwegs sein, hatte sie gesagt.

Viel Geld, fuhr Papa fort.

Wie viel?, fragte ich.

Einen höheren Betrag, antwortete er, ohne die Summe zu benennen.

Ich suchte nach einer vernünftigen Erklärung.

Sie wollte sich vielleicht irgendwas Besonderes gönnen.

Es gibt nicht viel zum Geld ausgeben so weit oben in den Bergen, sagte Papa.

Ich widersprach ihm nicht.

Sie war persönlich in der Bank, erzählte er weiter. Am gleichen Tag, an dem sie mit dem Chor weggefahren ist. Und sie hat viel mehr abgehoben, als sie aus dem Automaten bekommen hätte.

Papa massierte sich wieder die Schläfen. Dieses Mal nahm er nicht vorher die Brille ab. Er massierte mit je zwei Fingerkuppen auf jeder Seite des Brillenbügels.

Sie hat das Konto leergeräumt, sagte er.

Alles?, fragte ich.

Bis auf den letzten Rubel, sagte Papa.

Jede Krone und jede Öre?, fragte ich.

Sie hat das Konto geplündert, sagte Papa.

Das war ihr Geld, sagte ich.
Papa schüttelte heftig den Kopf.
Sie hatte eine Vollmacht für das Konto. Für den Notfall.
So war die Abmachung. Ich dachte, ich könnte mich auf sie verlassen.
Hat sie alles mitgenommen, was du hattest?, fragte ich.
Da lächelte Papa.
Es gibt noch ein zweites Konto, an das sie nicht rankommt.
Von dem sie nichts weiß. Darüber bin ich jetzt wirklich froh, sagte Papa und wurde wieder ernst.
Hast du das der Polizei erzählt?, fragte ich.
Papa sagte, er hätte keine andere Wahl gehabt. Sie hätten dann gemeinsam ausgerechnet, wie lange das Geld ungefähr reichen würde.
Deine Mutter, sagte Papa, konnte noch nie mit Geld umgehen. Sie verschleudert es ohne Sinn und Verstand.
Rücksichtslos und verantwortungslos, fügte er noch hinzu.
Darum, sagte Papa, wird sie auch zurückkommen, wenn kein Geld mehr da ist.
Wirst du ihr verzeihen?, fragte ich.
Papa sah mich überrascht an.
Diese Frage hatte er nicht erwartet.
Er beantwortete sie nicht.
Wiederholte nur das letzte Wort.
Verzeihen.
Ja, sagte ich, als würde ich gerade einen Abschnitt aus der Bibel vorlesen.

Ich versuchte, den Tag so gut wie möglich rumzukriegen. Die Stunden krochen dahin. Es wurde Abend, und mir graute vor der Nacht. Mir graute davor, am nächsten Morgen aufzuwachen und wieder nichts Neues über Mama zu erfahren.
Ich machte laufend Fehler bei der Arbeit.
Ich gab den Kunden Waren, die sie nicht bestellt hatten.
Ich antwortete auf Fragen, die sie nicht gestellt hatten.
Bei der Abrechnung stimmte die Kasse nicht. Solange es kein Minus war, nahm ich es nicht so ernst.
Ich trat aus dem Kiosk auf den Bürgersteig und starrte vor mich hin, obwohl Kunden am Tresen standen und auf mich warteten. Etliche legten ihre Waren zurück und gingen.
Ich sah Mama nicht.
Sie war nicht dort.
Was Papa machte, weiß ich nicht.
Er ging jeden Morgen zur Arbeit, wie er es immer getan hatte. Er ist nie in seinem Leben irgendwo zu spät gekommen. Ich wusste, dass er bei seinen Kollegen beliebt war. Das habe ich öfter gehört, auch wenn er selber es nicht an die große Glocke gehängt hat.
Er kam später nach Hause als sonst, aber wir hatten schließlich keine Zeit abgemacht.
Er aß in der Kantine.
Nehme ich an.
Er hatte jedenfalls keinen Hunger, wenn er nach Hause kam, und sagte, ich solle mir um ihn keinen Kopf machen. Er

gab mir weiter Geld, damit ich essen konnte, was und wo ich wollte. Ich sollte mir keine Gedanken machen, was es kostete. Wir hatten jetzt andere Sorgen.

Papa und ich sprachen wenig miteinander in diesen Tagen.

Es war still im ganzen Haus.

Nicht einmal deine Stimme war mehr aus dem Schlafzimmer zu hören, Nina Simone.

Ich hätte nie geglaubt, dass ich dich irgendwann einmal vermissen würde.

Wenn ich könnte, würde ich erzählen, wie es war, sich inmitten von Nichts zu befinden.

Dann könnte ich erzählen, wie Zeiten und Orte ineinanderflossen.

Selbst unter Menschen war alles um mich herum eine große Leere.

Alles war aus meinem Blickfeld verschwunden.

Da war nichts mehr.

Niemand war da.

Hätte ich an Gott geglaubt, hätte ich mich vielleicht nicht so einsam gefühlt.

Aber ich kann schließlich nicht nur aus dem Grund an Gott glauben, damit er mir Gesellschaft leistet.

Papa und ich sprachen an diesen Tagen nicht viel miteinander.
Das sagte ich bereits.
Papa stellte keine Fragen.
Er fragte mich nicht, wie es mir ging.
Er fragte mich nicht, was mir im Kopf rumging.
Mit keinen Worten fragte er, was mich in meinem Innersten bewegte.
So wie ich ihm auch keine Fragen stellte.
Ich wollte den Schmerz nicht noch schlimmer für ihn machen.
Für mich auch nicht.
Ich wollte Papa nicht noch mehr beunruhigen, als er es meiner Meinung nach so schon war.
Ich glaubte, dass Papa so dachte wie ich.
Trotzdem.
Eine Mauer bekommt Risse.
Eine Dämmung Löcher.
Aufgestaute Worte dringen nach draußen.
Worte, die gesagt werden sollen, werden ausgesprochen.
Ich sagte: Du schlägst Mama.
Wie ein Kind es gesagt hätte.
Man kann es nicht besser sagen.

Papa hob nicht die Stimme.
Er sprach leise.
Es war schwer zu verstehen, was er sagte, ich musste genau hinhören.
Er massierte seine Schläfen.
Schien nicht sicher zu sein, wie er anfangen sollte, begann dann mit dem Satz, dass das nicht einfach zu erklären sei.
Er sprach langsam.
Betonte jedes einzelne Wort, als wäre es das wichtigste.
Ich starrte auf den Boden, während er sprach, schaute nicht ein einziges Mal zu ihm hoch.
Ob Papa mich ansah, kann ich nicht sagen.
Es gibt Dinge, über die man nicht spricht. Zumindest nicht mit seinem eigenen Sohn. Und nicht mit jemandem außerhalb der Familie. Manche Dinge kann man kaum einem Freund auf der Welt anvertrauen.
Was zwei Menschen in ihrem Schlafzimmer tun, wenn sie die Tür hinter sich geschlossen haben, geht niemand anderen etwas an, außer die beiden, sagte er.
Aber nichtsdestotrotz wollte er offen mit mir reden. Nachdem die Situation sich so entwickelt hatte. Das war nur fair.
Er hatte das Gefühl, mir das schuldig zu sein.
Ich erinnere mich nicht mehr genau an den Wortlaut. Aber er meinte, dass ihm schon klar sei, dass ich mir im Laufe der Jahre meine eigenen Gedanken gemacht hatte. Er ging davon aus, dass ich mitbekommen hatte, dass hinter der Tür Dinge passierten, in die man Kinder nicht hineinziehen

will. Die sollten sich mit so etwas nicht auseinandersetzen müssen. Alles andere wäre Wahnsinn.
Inzwischen, sagte Papa, inzwischen sei ich so erwachsen, dass er mir einen Blick in das Leben anderer Erwachsener gestatten konnte.
In die Welt der Erwachsenen zu schauen ist folgenschwer, sagte er. Man verliert seine Unschuld, und die bekommst du nie zurück.
Daran erinnere ich mich genau, wie er das sagte: *einen Blick in das Leben anderer Erwachsener.*
Er sagte, dass nichts so sei, wie ich glaubte. Aber er fragte nicht nach, was ich glaubte.
Er sagte, er habe immer versucht, dass sie still ist. Das müsse ich ihm glauben.
Er hatte immer nur an mich gedacht. Dass sie mich nicht erschrecken, mir keine Angst machen sollte. Ein Kind konnte das unmöglich begreifen. Doch. Er hat das alles aus Rücksicht auf mich getan, aber Mama hatte sich nicht stoppen lassen, sagte er. Egal, wie sehr er sie angefleht hat.
Natürlich konnte das missverständlich aufgefasst werden, sagte er und wiederholte, dass nichts so war, wie ich glaubte. Mama hat es nur sich selbst zu verdanken, dass es nach außen anders schien, als es eigentlich war. Papa sagte, dass er nicht anders konnte. Ein Mann ist nun mal ein Mann, sagte er. Sollen die anderen doch sagen, was sie wollen.
Deine Mutter, sagte Papa, möchte so von mir behandelt werden.

Sie will das selber.
Manche Menschen sind so, sagt Papa. Manche Menschen genießen den Schmerz. Glaub es oder nicht, sagte er. Aber so ist es.
Die menschliche Psyche birgt so vieles, aus dem man nicht klug wird, sagte er, und fügte hinzu, dass Mama ein komplizierter Mensch sei. Viel komplexer, als ein Sohn es sich vorstellen kann.
Mit dieser Tatsache, sagte Papa, seien wir beide, er und ich, gezwungen weiterzuleben.

Es war windig, als ich zum Kiosk ging.
Kein Sturm und darum auch nicht wert, darüber zu schreiben.
Eine frische Brise.
Ein laues Lüftchen.
Wetter beschreiben ist nicht meine Stärke.
Immerhin war der Wind so kräftig, dass er in kleinen Wirbeln über den Bürgersteig fegte.
Er griff sich eine leere Plastiktüte und ließ sie vor mir in der Luft tanzen.
Die Tüte sauste hoch und runter.
Ich folgte ihrem Tanz, aber sobald ich nach ihr griff, um sie zu fangen, entwischte sie und ließ mich allein zurück.
Ich schaute ihr hinterher.
Sie spielte mit mir.
Hielt mich zum Narren, und ich ließ mich narren.
Ich lief hinter ihr her, mit leeren Händen.
Mir gefiel dieses unfaire Spiel, so sinnlos und vergeblich es war.
Ich lächelte.
Ich lachte los, ohne mir Gedanken zu machen, ob mich jemand sehen oder hören konnte.
Es tat gut zu lachen.
Wie eine Befreiung.
Ich fühlte mich ein bisschen, als würde ich selbst vom Wind mitgerissen und schwebend davontanzen.
Das war ein Augenblick, nach dem ich mich gesehnt hatte und den ich bewahren wollte.

Simon.

Er sprach mich mit meinem Namen an, ehe ich *Hallo* sagen und mein Lächeln auflegen konnte, das dem Kunden das Gefühl geben sollte, ich freue mich, ihn zu sehen. Das hatten wir bei der Einarbeitung gelernt.

Er hatte sich viel Zeit gelassen. Er war mir aufgefallen, weil er so lange zwischen den Regalen gestanden und sich umgeschaut hatte.

Er kam erst zu mir an den Tresen, als er sicher war, dass wir alleine waren.

Ich bin selten misstrauisch. Eher naiv und gutgläubig.

Aber ihm hätte ich zugetraut, dass er Sachen mitgehen ließ. Nichts Großes, unbedingt. Ab und zu ein, zwei Packungen Kaugummi oder so.

Er sah zwar nicht so aus, aber einen Ladendieb erkennt man ja selten an seinem Aussehen.

Es hatte was mit seinem Alter zu tun.

Männer seines Alters bedienen sich normalerweise nicht unerlaubt. Glaube ich. Die sind eher die Drahtzieher hinter den großen, richtig lukrativen Verbrechen, oder?

Ich bin kein Meister im Schätzen von Alter, aber ich war sicher, dass er älter als Mama und Papa war.

Er legte eine Pastillenschachtel auf den Tresen.

Ich muss ziemlich überrascht geguckt haben, als er mich mit meinem Namen ansprach, und fragte mich, woher er wusste, wie ich hieß.

Er zeigte auf das Schild an meinem Hemd.

Ein ovales Schild mit meinem Namen in großen Buchstaben, damit alle es lesen konnten. Ich hatte vergessen, dass ich es angesteckt hatte. Obwohl ich es im Laden eigentlich immer trug.
Simon, sagte er noch einmal, und ich nickte skeptisch.
Ich bin grundsätzlich vorsichtig, wenn ein Kunde zu freundlich ist, besonders, wenn dieser Kunde nur eine kleine Schachtel Halspastillen kauft.
Er bezahlte mit Karte.
Das ist ungewöhnlich für erwachsene Männer und so kleine Beträge. Die haben meistens irgendwo Kleingeld in der Tasche stecken.
Meine Frage, ob er Bargeld ausgezahlt haben wollte, verneinte er.
Den Bon wollte er auch nicht und bat mich, ihn wegzuschmeißen.
Er öffnete die Schachtel, nahm eine Pastille heraus, schob sie in den Mund und saugte daran, während er vor sich hin starrte. Er schmatzte und schien den Geschmack zu mögen.
Habe ich gesagt, ich wäre nicht misstrauisch?
Irrtum.
Ich war sicher, dass jetzt gleich irgendwas passierte.
Das machte mir nicht unbedingt Angst.
Es verunsicherte mich eher, weil er mich so ansah.
Freundlich und streng zugleich.
Einerseits gefiel mir das, andererseits auch wieder nicht.
Solche Sachen machten mich nervös, und ich hoffte, dass

er endlich gehen oder ein neuer Kunde den Laden betreten würde, damit ich nicht länger mit ihm alleine war.
Ich schob ein paar Zeitschriften zusammen, die immer auf dem Tresen im Weg lagen. Ich hätte sie gerne ins Regal oder den Zeitungsständer einsortiert, aber der Chef hatte strikte Order gegeben, diese Zeitschriften neben der Kasse auszulegen. Dieser alte Verkaufstrick hat mich schon immer genervt.
Simon, sagte er zum dritten Mal.
Ich nickte wieder.
Ich hatte den Zeitschriftenstapel mehrmals auf dem Tresen hin und her geschoben, als er mir den Arm entgegenstreckte, um mich per Handschlag zu begrüßen. Ich wollte nicht. Tat, als hätte ich seine Geste nicht bemerkt und machte sicherheitshalber einen Schritt nach hinten.
Jetzt stellte er sich vor.
Zuerst den Nachnamen.
Danach den Vornamen.
Dann noch einmal Vornamen und Nachnamen in der richtigen Reihenfolge.
Ich werde nicht verraten, wie er heißt.
Sein Name spielt für niemanden eine Rolle.
Er entschuldigte sich.
So leitete er das Gespräch ein.
Mit einer Entschuldigung.
Er meinte, dass er nicht aufdringlich sein wolle.
Ich wusste nicht, was ich davon halten sollte.

Er hätte nur eine Frage, sagt er. Und dass ich nicht antworten müsse, wenn ich nicht wollte. Das läge ganz bei mir.

Klar, dachte ich.

Ich würde gerne wissen, sagte er, wie es deiner Mutter geht.

Bass, sagte er. Ich singe im gleichen Chor wie deine Mutter. Sie ist Mezzo. Also Mezzo-Sopran. Etliche Stücke, die wir singen, hätten wir ohne sie nicht aufführen können. Es ist vielleicht übertrieben zu sagen, sie wäre unersetzlich.

Das ist niemand. Oder doch? Aber ohne ihre Stimme wären wir ein wesentlich schlechterer Chor. Und das sage nicht nur ich. Der Meinung sind die meisten. Sie singt wie ein Profi. Sie könnte es weit bringen. Deine Mutter und ich singen oft zusammen. Duette. Mezzo-Sopran und Bass. Lieder, die extra so komponiert wurden, dass wir sie zusammen singen können. Wir sind Amateure. Haben unsere Grenzen. Darum ist es sehr bedauerlich, dass sie bei den letzten Chorproben nicht dabei war. Langsam wird es eng. Es ist nicht mehr lange bis zum Konzert, und die Zeit rast wie im Flug. Sie freut sich auf das Konzert. Das hat sie gesagt. Es ist ein schwieriges Stück. Ihr graut auch ein bisschen davor.

Morgen haben wir die Abschlussprobe.

Er wiederholte seine Frage: Ich würde gerne wissen, wie es deiner Mutter geht.
Mama geht's gut, sagte ich, ohne zu wissen, ob ich log oder die Wahrheit sagte.
Das freut mich zu hören, sagte er, aber ich spürte, dass er mir nicht glaubte.
Er sah mich an und wartete auf eine Fortsetzung.
Ich hatte aber nicht mehr zu sagen.
Ich kannte den Mann nicht und dachte an das, was Papa gesagt hatte.
Dass wir andere Leute nicht mit unseren Problemen belämmern sollten.
Aber ich konnte auch nicht dastehen und unentwegt den Zeitschriftenstapel hin- und herschieben. Ich drehte mich um und begann, in dem Regal hinter dem Tresen aufzuräumen, obwohl es da nichts aufzuräumen gab.
Ich habe es gern ordentlich um mich herum.
Wenn ich ihm so den Rücken zukehrte, musste er doch kapieren, dass ich nicht länger mit ihm reden wollte.
Er musste doch merken, dass dies ein Arbeitsplatz war.
Dass ich am Arbeiten war.
Ich konnte meine Zeit nicht mit irgendwelchen Privatgesprächen vertun.
Dafür wurde ich nicht bezahlt.
Er blieb stehen.
Ich hörte seinen Atem, so still war es im Laden.
Er sagte: Deine Mutter ist weg.

Ich war froh, dass er meinen Gesichtsausdruck nicht sehen konnte. Ich biss mir auf die Lippe und wollte nur noch, dass er verschwand.
Ich hoffte, dass er von alleine ging, ehe ich gezwungen war, ihn rauszuschmeißen, und ich schwor mir, ihn auf der Stelle zu vergessen, sobald er den Laden verlassen hatte.
Das kann nicht sein, sagte er und ich hätte mir am liebsten die Ohren zugehalten.
So ist deine Mutter nicht, hörte ich ihn weiter sagen.
Wie ›so‹?, dachte ich.
Und bekam die Antwort: Sie würde nicht einfach so verschwinden. Ohne ein Wort. Ohne etwas zu sagen. Ohne die kleinste Nachricht. Ohne Erklärung.
Ich verstehe das nicht, sagte er.
Ich hatte ihm immer noch den Rücken zugedreht, wusste aber nicht mehr, was ich im Regal noch sortieren sollte.
Er sagte: Ich wusste, dass du hier im Kiosk arbeitest, Simon.
Aha?
Das hat deine Mutter erzählt. Sie redet viel über dich, Simon. Sie ist stolz auf dich, immer schon gewesen. Solange ich sie kenne.
Wie lange ist das?, dachte ich.
Er fuhr fort: Ich habe in den letzten Tagen mehrmals vor dem Kiosk gestanden. Und nach dir Ausschau gehalten, Simon. Weil ich deine Arbeitszeiten nicht kannte. Und ich niemanden fragen wollte. Ich war erleichtert, sagte er, als ich gesehen habe, dass du heute Abend hinter dem Tresen stehst.

Ich war erleichtert, weil ich gehofft hatte, dass du mich beruhigen kannst. Ich hatte gehofft, sagte er, du könntest mir erzählen, dass es ihr gut geht.
An der Tür drehte er sich noch einmal um.
Grüß sie von mir, wenn du sie siehst.

Am nächsten Abend ging ich zur Chorprobe.
Davon habe ich Papa nichts gesagt.
Weil mir klar war, dass er es nicht gut fände, dass ich dorthin gehe.
Er hätte es mir verboten.
Außer dem Mann, den ich am Tag zuvor kennengelernt hatte, kannte ich niemanden im Chor.
Von der Chorleiterin kannte ich nur die Stimme.
Trotzdem schienen die meisten zu wissen, wer ich war.
Alle waren neugierig.
Das merkte ich.
Aber keiner stellte Fragen. Ich spürte ihre Blicke auf mir, die sie abwandten, sobald ich mich zu ihnen umdrehte.
Sie stellten sich in Reihen auf, jeder hatten seinen festen Platz im Chor.
Ich wusste nicht, wo Mamas Platz war, konnte ihre Lücke nicht erkennen.
Sie sangen sich ein, gaben komische Laute von sich, die kein Hörgenuss waren.
Die Chorleiterin hob beide Arme und schwankte leicht hin und her, um ihre Balance zu finden.
Alle schwiegen, befeuchteten die Lippen.
Einige räusperten sich, reinigten die Stimmen.
Sie atmeten ein, füllten die Lungen, wollten gerade zu singen ansetzen, als der Typ, den ich kennengelernt hatte, die Chorleiterin fragend anschaute und sie ihm mit einem Nicken antwortete.

Er kam zu mir, setzte sich neben mich und legte seinen Arm auf die Rückenlehne des Stuhles, auf dem ich saß.
Ich rutschte ein Stück zur Seite, fand, dass er mir etwas zu nah kam.
Er sprach leise mit mir.
Das, was er sagte, sollte unter uns bleiben.
Simon, du darfst das nicht falsch verstehen.
Nein, sagte ich.
Wir können uns diese Chance nicht entgehen lassen, sagte er.
Nein, sagte ich.
Niemand kann deine Mutter ersetzen, sagte er.
Nein, sagte ich.
Aber wir mussten uns jemanden anderen für den Part deiner Mutter suchen, sagte er.
Ja, sagte ich und fühlte mich plötzlich so alleine.
Darum stimmte ich auch zu, als er vorschlug, nach der Chorprobe miteinander zu reden.

Er nahm mich mit in ein Lokal, das er gut kannte.
Ein schickes Café. Oder Restaurant. Keine Ahnung, wie ich es bezeichnen soll. Ich alleine wäre nie auf die Idee gekommen, da reinzugehen. Auch nicht mit irgendwelchen Bekannten.
Er ging direkt an die Theke und zeigte auf einen freien Tisch, an den ich mich setzen sollte.
Sein Stammplatz, dachte ich.
Er kam mit zwei Gläsern Wein und zwei Gläsern Wasser zurück.
Er fragte nicht, ob ich Wein wollte.
Hätte er gefragt, hätte ich Ja gesagt.
Ich trinke nicht oft Wein, begann erst allmählich, mich an den Geschmack zu gewöhnen.
Das war bestimmt ein guter Wein, nicht billig.
Er schaute den Wein durch das Glas an. Schnupperte daran.
Ließ das Glas in der Hand kreisen und den Wein innen am Glas herabrinnen.
Er probierte, schluckte aber erst, nachdem er mit dem Wein durch den Mund gespült hatte.
Bei mir hätte das lächerlich gewirkt und ich hätte mich garantiert verschluckt.
Er war zufrieden, streckte die Hand nach meinem Glas aus und sagte: Bitte schön.
Ich sah, wie er seine Gedanken ordnete. Er legte die Stirn in Falten. Suchte nach Worten. Sorgsam bedacht, dass keins ihm unbeabsichtigt entwischte.

Er sagte: Ich hoffe, dass … Er verstummte.
Eine Weile sagte keiner etwas.
Er schaute zur Tür.
Dann nahm er den Faden wieder auf.
Ich höre ihre Musik die ganze Zeit in mir, Simon. Sie lässt mich nicht los. Die Musik, die sie am liebsten mag.
Nina Simone, sagte ich.
Er schüttelte den Kopf.
Das ist nur ein Name für mich.
Die hört Mama aber am liebsten, beharrte ich.
Die habe ich deine Mutter nie auch nur mit einer Silbe erwähnen hören, Simon. Ich meine Gustav Mahler.
Gustav … wer?
Mahler … Gustav Mahler, sagte er.
Der Name war mir neu.
Deine Mutter vergöttert seine Musik, Simon. Wenn wir über jemanden unterschiedlicher Meinung sind, dann über Gustav Mahler. Ich finde viele seiner Sachen zu kitschig, wenn du verstehst, was ich meine. Ich habe versucht, sie zu überreden, Partien aus Herzog Blaubarts Burg zu singen.
Mir war schleierhaft, wovon der Mann redete. Ich verstand auch nicht viel mehr, als er mir erklärte, dass es sich dabei um eine Oper handelte. Eine Oper mit nur zwei Personen, zwei Stimmen.
Mezzo-Sopran und Bass.
Komponiert von Béla Bartók, sagte er. Dem Ungarn, du weißt schon.

Ich wusste es nicht.
Wir erhoben unsere Gläser, um einen Schluck zu trinken. Und sahen einander in die Augen. Ich hatte noch nie einem fremden Mann in die Augen gesehen.
Nicht so.
Ich hörte Papas Stimme etwas vom *Blick in das Leben anderer Erwachsener* sagen.
Wo es keine Unschuld mehr gibt.
So saßen wir eine Weile da, ohne zu reden.
Der Mann auf der anderen Tischseite sagte schließlich:
Es ist kein Zufall, dass ich mit dir ausgerechnet hierher wollte. Hier haben deine Mutter und ich nach der Probe meist noch ein Glas Wein zusammen getrunken. Eigentlich wollte ich dich gestern schon fragen, aber dann hat mich der Mut verlassen. Weil ich nicht wusste, wie du es aufnehmen würdest. Wie du es überhaupt verstehen sollst.
Das ist nicht einfach, für keinen von uns, sagte er.
Und dann fing er an zu weinen.
Der große Mann weinte, und er machte noch nicht einmal Anstalten, sich die Tränen wegzuwischen. Er ließ sie über das Gesicht laufen, als wollte er sie mir zeigen. Als wolle er sagen: Hilf mir, bitte.
In diesem Augenblick war ich der Erwachsenere von uns beiden und versuchte, ihn zu trösten, indem ich sagte:
Mama macht wahrscheinlich nur eine Reise, warten Sie's nur ab.
Ich glaubte selber nicht, was ich sagte.

Ich habe meinen Laptop auf den kleinen Tisch vor mir gestellt.
Der Bildschirm ist schwarz, ich sehe mein eigenes Spiegelbild.
Der Morgen bricht an, ehe die Nacht endet.
Ich bin solche hellen Nächte nicht gewöhnt. Darum fällt es mir leichter, mich wach zu halten, wie ich es mir vorgenommen habe.
Ich bin vermutlich der einzige Fahrgast im Wagen, der nicht einmal die Augen schließt.
Die beiden, die zusammen in den Zug eingestiegen sind, scheinen zu schlafen.
Sie haben sich umgesetzt, näher zueinander.
Keine Ahnung, ob zufällig oder absichtlich.
Jetzt trennt sie nur noch der Mittelgang.
Ich wecke den Rechner aus der Schlafposition.
Der Bildschirm leuchtet auf. Ich lese:
Liebe Nina Simone.

An einem Tag in der Woche hatte ich die Frühschicht im Kiosk.
Ich schloss den Laden auf. Schaltete die Kasse an. Kontrollierte, dass der Letzte, der gestern Abend gegangen war, aufgeräumt und gewischt hatte. Dann ging ich raus, um die Zeitungen reinzuholen. Ich schloss die rote Kiste auf, in die der Lieferant die Zeitungen legte. Ich zählte nach, um sicherzustellen, dass die richtige Anzahl geliefert worden war. Ich bestückte den Ständer draußen mit je einem Exemplar und sortierte den Rest in den großen Ständer am Kassentresen. Dann füllte ich die Kaffeemaschine und war bereit für den ersten Kunden.
So weit war alles Routine.
Alles war wie gewohnt.
Diese alltäglichen Dinge laufen automatisch, wenn man sie erst ein paarmal gemacht hat, ohne darüber nachdenken zu müssen.
Es war ein ganz gewöhnlicher Tag.
Ich achte selten auf die Titelseiten und Schlagzeilen der Zeitungen, die den Leser zum Kauf animieren sollen.
Aber in der Zeitung, die mehrere Stunden direkt vor meiner Nase prangte, stand etwas über den Fund einer Frauenleiche.
Als ich die Zeitung schließlich aufschlug, war mir klar, dass dies kein gewöhnlicher Tag war.
Liebe Nina Simone.
Ich will versuchen wiederzugeben, was ich in der Zeitung über diese Frau gelesen habe.

Man hatte sie in einem Waldstück gefunden.
Ich will versuchen, nichts hinzuzufügen oder wegzulassen.
Mal schauen, ob mir das gelingt.
Ich las dort, dass die Frau vergraben worden war.
Ein Tier, vermutlich ein Fuchs oder streunender Hund, hatte Witterung aufgenommen und zu buddeln begonnen.
Ich las dort, dass der Leichnam der Frau Spuren des Tieres aufgewiesen hatte, das sie ausgebuddelt hatte, und wollte es gar nicht genauer wissen.
Die Tote war von Spaziergängern entdeckt und der Bereich weiträumig abgesperrt worden.
Die Tote war noch nicht identifiziert, aber die Polizei glich den Fund mit den im Umkreis als vermisst gemeldeten Personen ab.
Es stand noch nicht fest, wie lange die Tote im Wald gelegen hatte.
Schätzungsweise ein bis zwei Wochen.
Dazu würde die Polizei sich später detaillierter äußern.
Vermutlich auf einer Pressekonferenz, die anberaumt würde, sobald es etwas Neues in der Angelegenheit zu vermelden gab.
Ich las, dass kein Zweifel daran bestünde, dass es sich um ein Verbrechen handelt.
Zur Todesursache wollte die Polizei sich nicht äußern.
Aus Rücksicht auf die Ermittlungen.
Die Polizei versprach, weitere Details zu liefern, sobald der Obduktionsbericht vorlag.

Die Frau war komplett nackt.
Es waren weder Kleider noch andere Spuren in der Nähe des Fundortes gefunden worden, die einen sexuellen Übergriff bestätigen oder entkräften konnten.
Ich las, dass die Tote in zwei schwarze, handelsübliche Plastiksäcke gepackt worden war, wie sie für Haushaltsabfälle verwendet werden.
Ich erkannte den Platz auf dem Bild wieder, an dem sie gefunden worden war.
Darauf war ein See zu sehen.
Ein Binnensee.
Der See, an dem Papa und ich auf unserer letzten gemeinsamen Tour unser Zelt aufgeschlagen hatten.
Von der Tour habe ich doch erzählt, oder?
Ich habe sofort Papa angerufen, nachdem ich den Artikel gelesen hatte, ihn aber nicht erreicht.
Ich habe seine Stimme auf dem Anrufbeantworter gehört und war zu feige, eine Nachricht zu hinterlassen.
Ich wusste nicht, was ich sagen sollte.

Ich schloss den Laden ab.
Verriegelte alles und hängte einen handgeschriebenen Zettel an die Tür:
Bin gleich zurück.
Obwohl ich wusste, dass das nicht stimmte.
Papa war nicht da, als ich nach Hause kam. Ich wählte seine Nummer, keine Ahnung wie oft. Alle fünf oder zehn Minuten.
Ich kam nie weiter als bis zu seiner freundlichen Ansage, dass er im Moment leider nicht ans Telefon gehen könne, ich aber doch bitte nach dem Pieps eine Nachricht hinterlassen solle, er riefe dann so schnell wie möglich zurück.
Ich saß da und wartete, dass er endlich zurückrief.
Nein.
Ich saß nicht da.
Dazu war ich nicht in der Lage.
Ich konnte unmöglich still sitzen.
Ich trabte durch die Wohnung.
Lief von einem Zimmer ins nächste.
Ging ins obere Stockwerk und wieder nach unten.
Ich schaute aus dem Fenster, auf die Straße, hoch und runter.
Ging auf die Treppe raus. Blieb vor der Tür stehen.
Ich wollte ihn herbeirufen. Wollte *Papa* rufen, so laut ich konnte. Aber ich war sicher, dass mich alle außer Papa hören würden.
Ich wollte losgehen und ihn suchen.

Ich beschloss, genau das zu tun, und entschied mich wieder um. Ich wollte zu Hause sein, wenn er kam. Mehrere Male öffnete ich die Tür zum Schlafzimmer einen Spaltbreit, um sicherzugehen, dass er sich nicht hingelegt hatte, um sich auszuruhen.
Ich rief bei seiner Arbeit an.
Die Stimme, die antwortete, eine Tonbandstimme, sagte, er sei nicht an seinem Platz, und nannte seine Mobilnummer. Als ob ich die nicht kannte.
Die Stunden tickten ins Land.
Ich hielt das Handy die ganze Zeit in der Hand.
Schaute immer wieder nach Nachrichten, obwohl ich wusste, dass keine gekommen waren.
Es wurde Abend und ich muss wohl eingeschlafen sein.
Plötzlich war Papa da, er stand mitten im Raum, ich hatte ihn nicht kommen hören. Keine Schritte auf dem Kiesweg. Keinen Schlüssel im Schloss.
Er stand mitten im Wohnzimmer vor mir.
Sie haben sie gefunden, sagte er.
Ja, sagte ich.
In dieser Nacht habe ich dich gehört, Nina Simone.
Aber du hast nicht so laut gesungen wie sonst.

Papa hatte den ganzen Tag im Polizeipräsidium verbracht.
Er hatte mich nicht angerufen, weil er mich nicht beunruhigen wollte.
Ich glaube, das hat er aus Rücksicht auf mich gesagt.
Er war den größten Teil des Tages nicht erreichbar gewesen, weil er sein Handy abgeben musste.
Papa hatte Mama gesehen.
Er hat ihren toten Körper ansehen müssen, um zu bestätigen, dass das sie und niemand anders war.
Er sagte, er wäre unendlich dankbar, dass er alleine bei der Identifizierung war.
Dankbar, dass mir das erspart geblieben war.
Wenn ich wollte, würde ich sicher später Gelegenheit bekommen, sie zu sehen.
Ich hatte noch nie einen toten Menschen gesehen.
Ich wollte nicht, dass Mama der Erste war.
Papa versuchte, mich zu beruhigen.
Er erklärte mir, dass es ganz normal wäre, dass die Polizei ihn als Ersten vorlud.
Nicht nur, um ihre Identität zu bestätigen.
Er war derjenige, der Mama am besten kannte, hatte die Polizei gesagt.
Die Ehepartner wurden in solchen Fällen immer als Erste überprüft.
Also bei Mord.
Erstaunlicherweise, sagte Papa, ist in den meisten Fällen der Ehepartner der Täter.

Darum musste er hinnehmen, dass sie ihm eine
Blutprobe entnommen haben.
Er erzählte was von DNA-Profil und Dingen, von denen ich nie gedacht hätte, dass ich mich einmal damit beschäftigen müsste.
Damit wären die Formalitäten so weit erledigt, sagte Papa.
Er lächelte mich an.
Das hat er tatsächlich getan.
Er wollte mich mit seinem vertrauensvollen Lächeln beruhigen.
Mit dem er mich getröstet hat, als ich klein war.
Ein Lächeln, das mich früher immer wieder froh gemacht hat.

Ich wurde von ihnen abgeholt, als könnte ich den Weg nicht alleine finden.
Jedes Kind weiß, wo das Polizeipräsidium ist.
Auf alle Fälle die Jungs.
Keine Ahnung, wie das mit den Mädchen ist.
Alle Jungs haben zu den Fenstern hochgeschaut in der Hoffnung, Zeuge zu werden, wie gerade ein Verbrecher sicher hinter Schloss und Riegel gesperrt wurde.
Damals hätte es mir gut gefallen, im Streifenwagen mitzufahren, natürlich vorne neben dem Fahrer. Mit Sirene.
Das hätte ich oberspannend gefunden.
Jetzt saß ich in einem Zivilfahrzeug, und der Fahrer trug keine Uniform.
Von außen betrachtet sah es wahrscheinlich aus wie ein ganz gewöhnlicher Ausflug.
Papa hat gesagt, das wäre ein Gespräch.
Kein Verhör wie im Film.
Es schwankte keine Lampe unter der Decke, die Schatten an die Wände warf.
Da stand ein bequemer Stuhl.
Ich konnte mir noch nie gut Namen merken.
Es war sinnlos, mir den Namen zu nennen.
Den habe ich schon vergessen, ehe er ausgesprochen ist.
Vielleicht ist ja mit meinem Kopf was nicht in Ordnung, eine Art Defizit oder so.
Darum kann ich auch nicht schreiben, wie die Frau hieß, mit der ich bei meinem ersten Besuch im Polizeipräsidium

gesprochen habe und die ich in Zukunft noch öfter treffen sollte.
Dafür kann ich mir Gesichter umso besser merken.
Ein Gesicht vergesse ich nie.
Sie hatte keine Ähnlichkeit mit Mama.
Sie hatte eine andere Haarfarbe und eine andere Augenfarbe.
Sie war größer als Mama.
Kräftiger.
Ihre Stimme war tiefer.
Ihre Schminke anders als die, hinter der Mama sich versteckte.
Sie war sichtbarer.
Ich bin kein Schminkexperte, aber ein bisschen was habe ich schon mitbekommen, wenn ich auf Mama warten musste, während sie sich am Schminktisch zurechtgemacht hat.
Ich hätte gern gewusst, ob sie Kinder hatte, traute mich aber nicht zu fragen.
Sie ließ mich einfach erzählen.
Sie hörte mir zu und stellte keine Fragen.
Ich erzählte von meiner Reise, dass ich weit weg war, als Mama verschwand.
Das wusste sie bereits von Papa.
Sie forderte mich auf, alles zu erzählen, auch das Unwichtige.
Halt nichts zurück, sagte sie.
Raus damit.
Das ist wie eine Eiterbeule.

Man sticht sie besser auf, damit der Druck nachlässt.
Ich sollte nicht warten, bis sie so groß war, dass sie von selber platzte. Damit würde ich mir nur unnötige Schmerzen bereiten.

Ich habe nicht gelogen.
Ich war noch nie ein guter Lügner.
Man sieht mir eine Lüge schon von Weitem an.
Aber ich habe nicht alles erzählt.
Ich habe nichts von unserer letzten Zelttour erzählt.
Vielleicht war es ja rein zufällig, dass Mama ausgerechnet dort gefunden wurde.
Sie ist verschwunden, nachdem Papa und ich dort gewesen sind.
Ich beschloss für mich, dass es keinen Zusammenhang gab.
Ich erzählte auch nicht von dem Mann aus dem Chor.
Wie gut er und Mama sich kannten, wollte ich nicht sagen.
Ich wusste nur, dass sie Geheimnisse zusammen hatten.
Und ich wollte die Geheimnisse anderer nicht verraten.

Papa und ich gingen uns nicht bewusst aus dem Weg.
Wir waren nur nie zur gleichen Zeit am gleichen Ort.
Wir taten, was wir immer taten.
Papa fuhr morgens zur Arbeit.
Ich fuhr zu meiner Spätschicht im Kiosk.
Wie hatten zu Hause keine Zeitungen.
Ob Papa im Fernsehen Nachrichten schaute, wenn ich weg war, kann ich nicht sagen.
Ich las die Zeitungen bei der Arbeit.
Ich zog mich in eine Ecke zurück.
Ich versteckte mich hinter einem Regal.
Ich schämte mich.
Ja.
Ich schämte mich, ohne genau sagen zu können, wofür.
Schuld.
Fühlte ich mich schuldig?
Unschuld.
Die Obduktion, so stand in der Zeitung, hätte ergeben, dass sie kurz vor ihrem Tod Geschlechtsverkehr gehabt hatte.
Das stand dort.
So etwas las ich über meine eigene Mutter.
Ich las, dass nicht von einem Sexualmord ausgegangen wurde.
Eher von einem freiwilligen Geschlechtsakt vor dem Mord.
Der Körper der Toten wies mehrere Blutergüsse auf.
Und Läsionen.

Körperverletzung, häufig durch äußerliche Einwirkung,
fand ich heraus, als ich nach dem Wort suchte.
Die waren ihr vor dem Tod beigebracht worden.
Zur Todesursache wollte die Polizei sich nach wie vor
nicht äußern.
Und dann erschien Mamas Foto in den Zeitungen.
Ein Bild von einem Konzert.
Das jeder gemacht haben konnte.
Jetzt konnten alle sehen, wie Mama aussah.
Ihr Name wurde veröffentlicht.
Jetzt wussten alle, wer sie war.
Viele wussten, wo sie gewohnt hat.
Leute, die jeden Tag an unserem Haus vorbeikamen,
gingen langsamer.
Warfen Blicke zu den Fenstern.
Einige hielten an.
Sie blieben stehen und unterhielten sich. Leute, die sich
nicht kannten.
Sie teilten die Neugier.
Sie lasen, was auf dem Briefkasten stand.
Um sicherzugehen, dass sie hier gewohnt hatte, die Frau,
die nackt und in zwei Plastiksäcke gewickelt bei einem
See vergraben worden war, wo ein paar ahnungslose
Spaziergänger sie gefunden hatten, die einfach nur die
Natur genießen wollten.
Autos hielten vor dem Kiesweg.
Wer ist der Täter, fragten sie sich.

Jeder dachte sich seinen Teil.
Ich stand hinter den Gardinen.
Sie haben mich nicht entdeckt.

An den Tagen vor der Trauerfeier fühlte ich mich im Laden am sichersten.
Weil keiner von denen, die die Zeitungen kauften, wussten, dass ich *Der Sohn (18)* war.

Mamas Leichnam wurde freigegeben.
Die Ermittler waren fertig mit ihr.
Sie hatten ihren Bericht geschrieben, der uns bis auf Weiteres vorenthalten wurde.
Mama bekam eine Feuerbestattung.
Papa und ich gingen durch die Hintertür in die Kapelle, um den Journalisten, Fotografen und anderen Schaulustigen zu entkommen.
Wir setzten uns in die erste Bankreihe, ehe die anderen Trauergäste eingelassen wurden.
Papa und ich blieben allein in unserer Reihe.
Alle konnten sehen, was für eine kleine Familie wir waren.
Hinter uns saßen einige von Papas Freunden und Kollegen von der Arbeit. Und einige meiner Mitschüler, mit denen ich zusammen zur Schule gegangen war, bevor ich im Kiosk angefangen hatte zu arbeiten. Ich hatte seitdem keinen Kontakt mehr zu ihnen gehabt.
Der Chor, in dem Mama gesungen hatte, sammelte sich auf der Empore.
Ich hörte sie tuscheln, sie stellten sich mehrmals um.
Ich drehte mich nicht um, aber ich war mir sicher, dass sie einen Platz frei gelassen hatten.
An diesem Tag konnte niemand Mama ersetzen.
Ich war froh, Mamas Bekannten nicht begrüßen zu müssen, den ich kennengelernt hatte.
Ich hätte nicht gewusst, wie ich Papa das hätte erklären sollen.

Papa hielt eine Trauerrede.
Davon hatte er mir nichts gesagt.
Überrascht war ich nicht darüber.
Eher verwirrt.
Ich hatte das nicht von ihm erwartet.
Ich bekam nicht mit, was er sagte.
Verstand die Worte nicht.
Aber ich hörte seine Stimme.
Klar und fest. Bestimmt. Wie Papa sein konnte.
Ich muss schon sagen, er sah elegant aus, wie er dastand.
Aufrecht.
Den Blick auf die Trauergäste gerichtet.
Ich fand ihn mutig.
Und war stolz auf meinen Vater.
Anders kann ich es nicht sagen.
Papa.
Er legte eine Hand auf den Sarg.
In der anderen hielt er das Blatt Papier, auf dem seine Rede stand.
Seine Hände zitterten nicht.
Das hätte ich gesehen.
Er las vom Blatt ab.
Langsam.
Wort für Wort.
Ich glaube nicht, dass er etwas sagte, das er nicht vorher festgelegt hatte.

Das war nicht der passende Zeitpunkt für Improvisation.
Durchdacht und geplant.
Doch. Das ist wahr.
Ich war stolz auf ihn.
Dass er das schaffte.
Nachdem wir uns am Sarg ein allerletztes Mal von Mama verabschiedet hatten, gingen wir durch den Mittelgang nach draußen.
Die Flügel der Eingangstür standen weit offen.
Ein Wind strömte mir entgegen.
Streichelte mir über die Wange.
Die Kapelle war nicht groß.
Es waren nur wenige Meter durch den Mittelgang, aber ein weiter Weg zu gehen.
Die Nachmittagssonne stand niedrig am Himmel.
Die schrägen Sonnenstrahlen schoben sich durch die Türöffnung, erleuchteten mein Gesicht.
Schienen mir in die Augen und blendeten mich.
Machten mich fast blind.
Ich hörte das Klicken von Kameras, als wir auf den Treppenabsatz traten, aber ich konnte die Fotografen nicht erkennen.
Ich setzte mich schon mal ins Auto, während Papa einige Leute begrüßte und mit ihnen sprach, die nach uns aus der Kapelle kamen.
Papa und ich aßen in einem Restaurant.
Ich wollte keinen Wein.

Papa fragte auch nicht, ob ich welchen wollte.
Als wir nach Hause kamen, ging ich in mein Zimmer, wo ich blieb, bis es Zeit zum Schlafen war.
Ich glaube, Papa blieb noch eine Weile im Wohnzimmer sitzen und ging dann auch früh ins Bett.
In dieser Nacht hörte ich keine Musik aus seinem Schlafzimmer.
Nach diesem Tag hast du nie wieder in unserem Haus gesungen, Nina Simone.

Ich hatte Mama verloren.
Musste mich erst an den Gedanken gewöhnen.
Am nächsten Tag verlor ich Papa.
Mein Vater wurde festgenommen.
Papa wurde mir weggenommen.
Ich weiß nicht, ob es Zufall war, dass sie ihn am Tag nach der Beerdigung abgeholt haben. Aber ich kann mir nicht vorstellen, dass sie aus Rücksicht auf Papa oder mich gewartet, dass sie uns deswegen so lange in Frieden gelassen haben.
Ich dachte, Papa wäre zu einem Spaziergang rausgegangen, um frische Luft zu schnappen.
Er war vor mir aufgestanden.
Das tat er immer.
Als ich in die Küche kam, sah ich, dass er gefrühstückt und seine Sachen weggeräumt hatte.
Er hatte für mich aufgedeckt.
Teller, Besteck und Glas standen auf dem Tisch.
Er hatte sogar an die geblümten Sets gedacht, die Mama immer zum Frühstück auflegte, aber nie später am Tag. Nicht zum Abendessen. Sie hatte nie erklärt, wieso ihr das so wichtig war. Und wir hatten es einfach hingenommen, ohne zu fragen.
Papa hatte die Milch und den Aufschnitt noch nicht aus dem Kühlschrank genommen.
Schließlich konnte er nicht wissen, wie lange ich schlafen oder wann ich aus meinem Zimmer kommen würde.

Wir haben in unserer Familie immer darauf geachtet, Lebensmittel kühl zu verwahren.
Papa und ich hatten nicht mehr miteinander gesprochen, seit wir am Vorabend nach Hause gekommen waren und uns zurückgezogen hatten.
Von da an war alles ungesagt.
Papa und ich haben seitdem nicht mehr miteinander gesprochen.
Kein Wort zueinander gesagt.
Nicht ein einziges.
Ich war derjenige, der es so haben wollte.
Was Papa will, weiß ich nicht.
Ich hatte Papa nichts mehr zu fragen.
Ob Papa mich noch etwas fragen will, weiß ich genauso wenig.
Die Polizisten, es waren ziemlich viele, drängten in die Wohnung, ehe ich die Tür ganz geöffnet hatte.
Sie drängten herein, und gleich darauf war der enge Flur voller fremder Menschen.
Sie sagten meinen Namen, den ich mit einem Nicken bestätigte.
Dann sagten sie Papas Namen.
Ich schüttelte den Kopf, um ihnen zu verstehen zu geben, dass er nicht zu Hause war.
Ich kam nicht mehr dazu zu sagen, dass er jeden Augenblick zurückkommen konnte.
Er ist im Polizeipräsidium, sagten sie.

Ich sah sie fragend an.
Er war am Morgen zu einem weiteren Verhör einbestellt worden, sagten sie.
Einen Moment lang war es ganz still in dem kleinen Vorraum, obwohl wir so viele Leute waren, bis einer von ihnen sagte: Er ist des Mordes beschuldigt.
Dann las er Mamas Namen von einem Formular ab.
Sie fragten nicht um Erlaubnis.
Sie fragten mich überhaupt nichts.
Sie verteilten sich in der ganzen Wohnung. Ein paar liefen die Treppe hoch in Mamas und Papas Schlafzimmer und mein Zimmer.
Jemand machte die Badezimmertür auf und warf einen Blick hinein.
Andere sahen sich im Wohnzimmer um.
Sie stellten Taschen und Koffer auf den Küchentisch und ich musste das Frühstücksgeschirr, das dort stand, beiseiteschieben.
Ich ging hinter einem von ihnen her, wurde aber zur Seite geschoben.
Sie schubsten mich gegen die Wand.
Es tat nicht weh.
Nicht körperlich.
Sie haben sich bei mir entschuldigt.
Lange Zeit später.
Ich habe mich bei ihnen beschwert.
Habe gesagt, wie es war.

Dass sie mich grob behandelt haben.
Ich wollte ihre Entschuldigung nicht annehmen.
Weil ich nicht das Gefühl hatte, dass sie ernst gemeint war.
Das haben sie nur gesagt, weil sie sich dazu verpflichtet fühlten.
Ich beobachtete aus dem Augenwinkel, was sich vor unserem Haus tat.
Die Journalisten und Fotografen hatten wieder ihre Plätze eingenommen.
Auf der Kieseinfahrt standen mehrere Streifenwagen, diesmal keine Zivilfahrzeuge. POLIZEI stand in Großbuchstaben auf den Seiten.
Sie begannen, das Grundstück mit rot-weißem Polizeiband abzusperren, auf dem zu lesen war, dass die Polizei hier im Einsatz war.
Hausdurchsuchung, sagten sie.
Mögliche Beschlagnahmungen.
So haben sie unser Zuhause in Beschlag genommen.
Mamas, Papas und mein Zuhause.
Ich musste ausziehen.
Ich wurde des Hauses verwiesen.
Nur vorübergehend, sagten sie.
Für die Dauer der Untersuchungen und Ermittlungen.
Vorübergehend.
Das Wort fand ich schon immer schwer zu greifen.
Mir kam es eher wie eine halbe Ewigkeit vor.
Falls ich überhaupt jemals zurückkommen würde.

Nein, sagten sie, ich könne meinen Vater nicht besuchen, obwohl ich gar nicht danach gefragt hatte.
Er wird des Mordes beschuldigt, wiederholten sie und dachten offensichtlich, dass ich nicht begriff, was sie sagten.
Sie klärten mich über das Besuchsverbot auf.
Und Briefverbot, als wäre es üblich, Briefe an seinen Vater zu schreiben.
Papa durfte weder Zeitung lesen, Radio hören noch Fernsehnachrichten sehen.
Mal ganz ehrlich.
In den unmittelbar darauf folgenden Tagen dachte ich nur, dass Papa froh sein konnte, das nicht mitzukriegen.
Er hatte einen Verteidiger zugeteilt bekommen, erfuhr ich.
Ich nehme an, das teilten sie mir mit, um mich zu trösten, obwohl ich von keinem von ihnen getröstet werden wollte.
Ich würde eine Vorladung ins Polizeipräsidium bekommen.
Nur als Zeuge, versuchten sie, mich zu beruhigen.
Ich durfte nicht verreisen, wenigstens nicht weiter weg, ohne mich abzumelden.
Ich erfuhr, wo ich *vorübergehend* wohnen konnte, solange unser Haus für alle – außer die Ermittler – versiegelt war.
Sie boten mir an, mich dorthin zu fahren, wo ich die nächste Zeit untergebracht war.
Es würde mich auch nichts kosten, sagten sie. So weit hatte ich noch gar nicht gedacht. Dass alles Geld kostete.
Ich nahm das Angebot an, gefahren zu werden, bereute es aber bereits, als ich in den Streifenwagen einstieg.

Ich durfte nur das Allernotwendigste mitnehmen.
Wie soll man im Voraus wissen, was notwendig ist oder nicht?
Sie beobachteten jede meiner Bewegungen und untersuchten genau, was ich in der Eile zusammenklaubte.

Es wurde viel über Papa in den Zeitungen geschrieben.
Ich versuchte, so gut es ging, nicht zu lesen, was dort stand.
Aber an allem kam ich nicht vorbei.
Und über die Zeitungen erfuhr ich, was geschehen war.
Oder was ihrer Meinung nach geschehen war.
In den Zeitungen stand viel mehr, als die Polizei mir gesagt hatte.
Ich war der Letzte, der etwas erfahren sollte.
Ich sah Papas Foto in den Zeitungen.
Überall das gleiche Bild.
Ich hatte das Bild noch nie irgendwo gesehen und fand nicht heraus, wo es aufgenommen worden war. Der Hintergrund sagte mir nichts, da war nur eine helle Mauer oder eine Wand oder so was.
Das war kein aktuelles Foto.
Das erkannte ich an Papas Haaren.
Er war jetzt grauer.
Ansonsten sah er nicht großartig anders aus.
Viele Leute sagen, ich sähe ihm sehr ähnlich.
Das konnte ich nicht erkennen.
Nicht auf diesem Foto.
Dort stand, Papa wäre zynisch und brutal.
Das wäre keine impulsive, spontane Tat gewesen, sondern vorsätzlicher Mord.
Papa, so stand es dort, hätte bereits im Voraus einen geeigneten Ort gesucht, an dem er die Leiche verscharren konnte.

Dass Papa und ich kurz vorher dort gewesen waren, weiß niemand.
Das erzähle ich nur dir, Nina Simone.
Nach einigen Tagen schrieben sie etwas über die Todesursache.
Die Zeitungen schrieben etwas von Ersticken.
Male am Hals und im Nacken deuteten darauf hin, dass sie sich gewehrt hatte.
Der Täter muss ungewöhnlich große Kraft angewendet haben, stand dort.
Technische Funde deuteten darauf hin, dass sie in ihrem eigenen Heim umgebracht wurde.
Sie war mit dem Auto zur Fundstelle transportiert worden.
Spurenhunde haben sowohl zu Hause und in dem Auto angeschlagen, das vermutlich für den Transport benutzt wurde.
Ein gemieteter Lieferwagen.
Nicht der Privat-PKW des Ehemannes.
Dort stand, dass Papa bisher noch nicht gestanden hätte.
Trotzdem schrieben sie über sein Verhalten.
Dass er vom Zeitpunkt des Mordes bis zum Tag seiner Festnahme nach außen ein normales Leben mit *dem Sohn (18)* geführt hat.

In der Gerichtsverhandlung durfte ich meine Aussage unter Ausschluss der Öffentlichkeit machen.
Ich mochte noch nie vor vielen Menschen reden, und in einem Gerichtssaal war ich noch nie gewesen. Ich hatte keinen Schimmer, wie ich mich verhalten sollte. Welche Worte ich wählen sollte.
Wen ich anschauen sollte und konnte.
Ich habe keine Ahnung, ob ich die Fragen, die sie mir stellten, richtig beantwortet habe oder nicht.
Oft hab ich versucht, gar nicht zu antworten.
Sicherheitshalber, um nichts Falsches zu sagen.
Zwischendurch tat ich so, als hätte ich die Frage nicht verstanden.
Ich hielt das für das Beste.
Die Journalisten durften unten im Café im Foyer warten, wenn sie nicht raus auf die Straße gingen.
Ein paar Nachbarn, die mehrere Tage in Folge im Gerichtssaal gewesen waren, kamen nach meiner Aussage nicht wieder.
Als ich meine Adresse angeben sollte, und ich meinte, dass ich keine feste Adresse hätte, sah der Richter mich fragend an.
Keinen Wohnsitz?, wollte er wissen und musterte mich.
Ich habe eine vorübergehende Bleibe, wo ich übernachte, sagte ich.
Und wo übernachtest du vorübergehend?, wollte er wissen.
Ich erinnerte mich an den Straßennamen, aber die Hausnummer hatte ich vergessen.

Das ist alles so neu für mich, entschuldigte ich mich.
Wohnst du alleine?, fragte der Richter.
Nicht direkt alleine, sagte ich.
Dann ist wenigstens jemand bei dir, stellte der Richter fest.
Er war der Meinung, dass es gut sei, jemanden zu haben, der mich in dieser Zeit unterstützen könnte.
Ich habe ein Zimmer in einer Dreier-WG.
Die kennen sich schon länger, und ich bin in das freie Zimmer eingezogen. Ich habe mit keinem von ihnen viel geredet, sie nicht näher kennengelernt. Sie sind selten zu Hause.
Studenten?, fragte der Richter.
Glaube schon, antwortete ich.
Fühlst du dich nicht sehr einsam?, fragte der Richter, als hätte er das Recht, solche Fragen zu stellen.
Nein, sagte ich.
Der Richter sah mich fürsorglich besorgt an.
Ich wolle ihm nicht auf die Nase binden, dass ich es so für das Beste hielt.
Weil ich nicht wollte, dass einer der drei, bei denen ich wohnte, spitzkriegte, dass ich *Der Sohn (18)* war.
Ich war Zeuge in dem Prozess gegen Papa, aber ich konnte die Aussage verweigern. Das gilt für nahe Verwandte, wurde mir erklärt. Aber wenn ich mich bereit erklärte, als Zeuge auszusagen, war ich verpflichtet, mich an die Wahrheit zu halten. Es war strafbar, im Gericht zu lügen.

Ich war überzeugt, dass ich ihnen nichts Neues erzählen konnte.
Ich hatte im Laufe der Ermittlungen alles gesagt, was ich zu sagen hatte.
Trotzdem hatten der Richter und die beiden Anwälte, Papas Verteidiger und der Staatsanwalt, der die Anklage gegen Papa führte, jede Menge Fragen.
Ich erinnere mich nur noch an wenig, was im Gerichtssaal vor sich ging.
Ich wurde gefragt, ob ich einen Stuhl im Zeugenstand haben wollte, aber ich lehnte ab.
Ich stand aufrecht da und hab mich, so kam es mir wenigstens vor, die ganze Zeit nicht gerührt.
Mir versagte mehrmals die Stimme.
Ich musste wiederholen, was ich gesagt hatte.
Sie könnten mich nicht verstehen, ermahnten sie mich.
Sie baten mich, lauter zu sprechen, die Stimme zu heben. Ich stand da und sah den Richter in seiner schwarzen Robe an, der zwischen einem Mann und einer Frau an dem langen Tisch saß, der sie von uns anderen trennte.
Nur einmal drehte ich den Kopf nach rechts, wo der saß, den sie den *Angeklagten* nannten.
Ich war dankbar, dass sie den *Angeklagten* nicht beim Namen nannten, solange ich dabei war.
Dass sie Papas Namen nicht aussprachen.
Dadurch wurde das Ganze nicht so persönlich.

Ich wünschte, ich hätte ihn nicht angesehen, Papa,
auch wenn es nur ein Augenblick war.
Ich konnte der Versuchung nicht widerstehen, als ich den Gerichtssaal verlassen sollte und dem Richter den Rücken zudrehte.
Ich konnte den Blick nicht einordnen, dem ich begegnete.
Hatte Papa mich die ganze Zeit betrachtet?
Oder hatte er wie ich versucht, diesem Augenkontakt auszuweichen?
War es nur ein Versehen, dass wir uns ansahen, als es zu spät war? Als ich gehen konnte.
War Papa froh, mich wiederzusehen, auch wenn er mich nur von hinten gesehen hatte?
Oder fühlte er auch diesen Schmerz im ganzen Körper?
War das die Andeutung eines Lächelns in seinen Mundwinkeln?
Formte sich da ein *Danke* in dem unsichtbaren Lächeln?
Wofür dankte er mir?
Ein freundliches Zwinkern.
Vielleicht war es auch eine Träne.
Das hätte ich mir in dem Moment am sehnlichsten gewünscht.
Eine Träne.
Ich habe Papa nie weinen sehen.
Wir weinen nicht in unserer Familie.

Als ich den Gerichtssaal verließ und Papa dort drinnen zurückließ, fing ich an zu zittern.
Meine Hände taten mir weh.
Ich hatte sie während meiner Aussage fest zu Fäusten geballt.
Ich schloss mich in einer Toilettenkabine ein, bis jemand an die Tür klopfte und sagte, dass ich rauskommen sollte.

Papa hat nie gestanden.
Er hat nie gesagt, dass er sich laut Anklage schuldig bekennt, wie es, glaube ich, auf Juristendeutsch heißt.
Er sagt, dass er sich an nichts erinnern kann.
Wenn man ihm das glauben kann.
Er sagt, dass alles nur ein einziges schwarzes Loch ist.
Da kann man nichts gestehen.
Papa will nicht, dass sein Fall noch einmal aufgerollt wird.
Die Belastung würde er nicht durchstehen. Dadurch würde er auch nicht wiederbekommen, was er bereits verloren hat.
Das hat mir der Anwalt mitgeteilt, der ihn verteidigt hat.
Der Anwalt meinte, dass er ein Treffen zwischen mir und Papa arrangieren könnte, aber ich lehnte ab.
Falls ich es mir anders überlegte, sollte ich mich bei ihm melden.
Ich hatte den Anwalt nur kurz gesehen. Wir hatten ein paarmal vor dem Gerichtssaal miteinander gesprochen.
Nein.
Wir haben nicht miteinander gesprochen.
Er hat mit mir gesprochen.
Ich hatte ihm nichts zu sagen.
Glaubte ich.
Er sagte, dass ich mich jederzeit bei ihm melden könnte.
Jederzeit.
Ich konnte ihn nicht leiden.
Schon bei der ersten Begegnung wusste ich, dass ich ihn nicht ausstehen konnte.

So ist das bei manchen Menschen.
Ich sagte ihm, dass ich wüsste, was ich täte.
Ich sagte ihm, dass ich mir geschworen hätte, meinen
Vater nie wiederzusehen.
Und ich halte meine Versprechen, sagte ich.
Niemand kann sagen, dass ich jemals ein Versprechen
gebrochen habe, erklärte ich ihm.
Der Anwalt teilte mir mit, dass Papa in ein weit entferntes
Gefängnis gebracht würde.
Das Gefängnis liegt am anderen Ende des Landes,
und ich sagte ihm, dass der Abstand von mir aus gar
nicht groß genug sein könnte.

Liebe Nina Simone,

an dieser Stelle sollte meine Geschichte eigentlich
abgeschlossen sein.
Nachdem ich erzählt habe, dass sie Papa in einen Flieger
gesetzt und weit weggebracht haben.
Auf und davon, verschwunden in den Wolken an einen
Ort, an dem ich nie gewesen bin und den ich nicht vorhatte,
jemals zu besuchen.
An einem solchen Ort in einer solchen Ecke des Landes,
wo ich nichts verloren hatte.
Aber der Zug, mit dem ich reise, hat seine letzte Station
noch nicht erreicht.
Ich habe noch Zeit.
Ich weiß nicht, wann ich dort ankommen werde.
Ganz genau, meine ich.
Keine Ahnung, ob wir im Zeitplan oder verspätet sind.
Ich habe nicht mitbekommen, ob es eine Durchsage
dazu gab.
Die Schaffnerin habe ich auch nicht gefragt, als sie
vorbeigekommen ist.
Irgendwann werde ich schon ankommen.
Ich habe keine Eile.
Absolut nicht.
Wenn ich etwas reichlich habe, dann Zeit.
Und es gibt einen Weg zurück.
Ich bestimme selber, ob ich umkehren will oder nicht.

Ich konnte es mir nicht verkneifen.
Ich habe mir das Konzert von Mamas Chor angehört, was ich vermutlich nicht getan hätte, wenn sie mitgesungen hätte.
Aber ich bin nicht in die Premiere gegangen.
Niemand sollte glauben, ich ginge nur wegen meines schlechten Gewissens dorthin, um was gutzumachen.
Niemand sollte glauben, dass Mamas Leben mich nicht interessiert hat und dass mir das jetzt leidtat und ich sozusagen nachträglich einen Blick in ihre private, erwachsene Welt werfen wollte.
Ich schlich als einer der Letzten in den Saal und suchte mir einen Platz ganz hinten.
Sie entdeckten mich, ehe sie ihren ersten Ton gesungen hatten, taten aber so, als wäre ich ein Besucher wie alle anderen.
Sie schauten in meine Richtung, sahen aber schnell woanders hin, sobald ich versuchte, ihre Blicke einzufangen und festzuhalten.
Nach dem Konzert drehte ich der leeren Bühne den Rücken zu, ging Richtung Ausgang, als mir von hinten jemand die Hand auf die Schulter legte.
Eine warme Hand.
Ich spürte die Wärme durch Jacke, Hemd und Pullover hindurch.
Er sagte nichts.
Das war nicht nötig.

Ich folgte ihm wortlos, und dieses Mal wusste ich, an welchen Tisch ich mich setzen sollte, während er zwei Gläser Wein bestellte.
Eins für ihn.
Eins für mich.
Auch dieses Mal, ohne mich zu fragen.
Wieder Weißwein. Vermutlich der gleiche Wein, den wir bei unserem letzten Treffen getrunken hatten.
Ich werde wohl nie so gut werden, dass ich einen Wein vom anderen unterscheiden kann.
Ich ging davon aus, dass es sein Lieblingswein war und die Sorte, die Mama und er nach der Chorprobe oder einem Konzert zusammen hier getrunken hatten.
Mir ging durch den Kopf, dass ich gerne an einem dieser Abende mit ihnen zusammen hier gesessen hätte.

Er erzählte.
Er erzählte von einer Mutter, wie ich sie nicht kannte.
Sie war nicht wiederzuerkennen.
Weder *Hausmama* noch *Ausgehmama*, wie ich sie genannt hatte, solange ich denken konnte.
In seiner Erzählung war sie ein anderer Mensch.
Nicht Mama.
Nicht meine Mutter.
Eine mir unbekannte Frau.
Und je mehr er erzählte, desto fremder wurde sie mir.
Ich habe mich ein paarmal mit ihm getroffen.
Nicht wirklich oft, das nicht.
Ich habe vor dem Probenraum auf ihn gewartet, und wir sind immer in das gleiche Lokal gegangen und haben uns an den gleichen Tisch gesetzt.
Und er hat von Mama erzählt.
Von Mama und sich.
Nie nur von sich.
Ich war auch gar nicht daran interessiert, mehr über ihn zu erfahren.
Darum kann ich auch nicht sagen, ob er verheiratet ist.
Ob er irgendwo eine Frau hat.
Ganz in der Nähe, vielleicht.
Ich habe keine Ahnung, ob er Witwer ist oder geschieden.
Ob er Kinder hat.
Enkelkinder.

Er wäre alt genug, um Großvater zu sein, aber ich kann ihn mir nur schwer als Opa vorstellen.
Ich unterbreche ihn nie.
Er darf alles sagen, was er will, auch wenn ich längst nicht alles hören möchte.
Da muss ich durch.
Dass sie an jenem Morgen von der Sonderchorprobe verschwunden ist, wusste ich.
Aber nicht, dass sie mit ihm im selben Zimmer geschlafen hat.
Wie oft sie im selben Zimmer geschlafen haben, hat er nicht erzählt, und ich frage nicht nach.
Sie ist einfach verschwunden.
Diesen kurzen Satz hat er schon unzählige Male gesagt, jedes Mal begleitet von einem Kopfschütteln.
Er hat nie erfahren, wieso sie ihn ausgerechnet an diesem frühen Morgen verlassen hat. Ohne ein Wort.
Sie war einfach nicht mehr da, sagt er und schaut mit leerem Blick vor sich hin.
Erst am Abend davor hatten sie darüber gesprochen, dass sie Papa endlich verlassen müsse.
Mama hatte gesagt, dass es jederzeit so weit sein könnte.
Sie hatte genügend Geld, um eine Weile über die Runden zu kommen, und sie wollte weit weg reisen.
Und ihr Freund, oder wie ich ihn nennen soll, wollte nachkommen.
Er hatte sie überredet, wegzugehen.

Damit ihre Wunden heilen konnten, sagte er.
Er meinte das mit dem Heilen ihrer Wunden wörtlich.
Papa hat gesagt, sie wollte das selber, sagte ich.
Ob ich diese Lüge jemals geglaubt hätte?
Habe ich nicht.
Ich habe gehofft, dass sie wahr wäre.
Ich weiß nicht, was ich glauben soll.
Ich weiß nicht, was ich nicht weiß.

Gestern bin ich zum ersten Mal zu Mamas Grab gegangen.
Am Vormittag.
Das ist erst einen Tag her, fühlt sich aber an wie ein halbes Leben.
Ich war nicht dabei, als die Urne mit Mamas Asche nach der Trauerfeier beigesetzt wurde.
Sie sagten, dass ich nicht kommen müsse, und ich tat, was sie sagten.
Der Sohn (18) wollte sich nicht zeigen.
Sie haben mir beschrieben, wo die Grabstelle ist, und ich habe sie problemlos gefunden.
Ich hatte schon immer einen guten Orientierungssinn.
Es stand nur ein einfaches Holzkreuz dort.
Mamas Name stand auf einem Notizzettel, der an der Stelle befestigt war, wo die Bretter sich kreuzten.
Woher sollte ich wissen, dass ich mich selber um einen ordentlichen Grabstein kümmern musste?
Das Kreuz stand weit und breit alleine da.
Kahl.
Keine Blumen.
Nur ein kleiner, viereckiger Flecken Erde davor.
Nicht einmal Unkraut.
Weder Klee noch Löwenzahn.
Auf den benachbarten Gräbern standen Blumen.
Rosen und Lilien und Pflanzen, deren Namen ich nicht kenne.

Ich bin nicht abergläubisch, aber ich habe mich nicht getraut, auch nur einen einzigen Stängel von den anderen Gräbern zu nehmen.
Wie sähe das wohl aus, auf einem Friedhof was zu klauen.
Ich war davon ausgegangen, dass ihr Freund dort gewesen ist und was gepflanzt hat, um es Mama ein wenig hübsch zu machen.
Es war Vormittag, es war kaum jemand auf dem Friedhof unterwegs.
Ich sah nur einen alten, gebeugten Mann auf einer Bank.
Er saß reglos da und starrte auf das Grab vor sich.
Es war still.
Festgefroren im Augenblick.
Da lief ein Junge über die Rasenfläche zwischen den Gräbern.
Ich konnte nicht erkennen, wie alt er war.
Der Abstand zwischen uns war zu groß.
Zehn Jahre, vielleicht.
Oder zwölf.
Vierzehn, möglicherweise.
Der Junge rannte.
Lief wie um sein Leben zu einem Grab.
Blieb stehen.
Er schien zu zögern.
Ja.
Er zögerte.
Nicht lange.

Nur so lange, wie er fürs Nachdenken brauchte.
Dann nahm er die Füße zusammen.
Pflanzte sie auf den Boden.
Hob die Arme.
Streckte sie seitwärts vom Körper weg.
So weit er nur konnte.
Der Junge suchte einen Rhythmus.
Er trippelte auf den Zehenspitzen.
Fand seinen Takt.
Nahm Anlauf.
Sprang.
Landete auf beiden Füßen.
Er beugte die Knie, ging runter in die Hocke.
Sprang wieder in die Luft wie eine gespannte Feder.
Und ich dachte: Er tanzt auf einem Grab.

Ich habe keinen Entschluss gefasst.
Ich habe gar nichts beschlossen.
Ich habe es einfach getan.
Hätte ich darüber nachgedacht, hätte ich mich selbst davon abgehalten.
Ich ging zurück in das Zimmer, in dem ich vorübergehend wohnte.
Ich durchwühlte die Schachteln und Kartons und Taschen und Tüten, die ich noch nicht in Schubladen und Regalen verstaut hatte.
Ich raffte an mich, was obenauf lag.
Schnappte mir, was greifbar war.
Stopfte alles in meinen Rucksack, als ich sichergestellt hatte, dass der Laptop Platz hatte.
Ich dachte nicht ans Wetter. Oder wie lange ich unterwegs sein und wann ich wieder nach Hause kommen würde.
Zahnbürste, aber keine Zahnpasta.
Unterhose.
Socken.
Das Handy lag an seinem üblichen Platz in meiner Tasche.
Hätte ich gewusst, wie lang die Reise ist, hätte ich es mir sicher anders überlegt.
Bestimmt, denke ich, als ich mein Ziel erreiche.
Der Zug wird langsamer.
Der Zug rollt in den Bahnhof ein.
Weiter geht es nicht.
Die Gleise enden vor einem Prellbock.

Ich bleibe sitzen. Einige Fahrgäste stehen schon an den Türen und warten, dass der Zug hält und sie rauskönnen.
Ich habe sechzehn Stunden und vierzehn Minuten im Zug gesessen.
Einmal umsteigen.
Fünfzig Minuten Wartezeit dazwischen.
Das macht zusammen siebzehn Stunden und vier Minuten.
Wenn ich mich nicht verrechnet habe.
Kopfrechnen war nie meine Stärke.
Die beiden, der Junge und das Mädchen, die als Letzte in den Zug eingestiegen sind, steigen als Erste aus.
Ich werde niemals erfahren, was nach dieser Nacht weiter mit ihnen passiert.
Ob sie glücklich bis ans Ende ihrer Tage leben.
Sie verschwinden auf dem Bahnsteig, ich sehe sie nicht mehr.

Wir sind da, sagt der Schaffner, der einen letzten Gang durch die Wagen macht, um nachzuschauen, ob jemand was vergessen hat.
Ich bin der einzige Passagier, der noch nicht ausgestiegen ist, und ich bin mir nicht sicher, ob ich das will.
Ich habe ein Rückfahrticket.
Ich dachte, Hin- und Rückfahrt zusammen wäre vielleicht billiger.
Meine mich zu erinnern, dass das mal irgendwer gesagt hat.
Ich fahre nie Zug.

Papa hat mein ganzes Leben lang ein Auto gehabt.
Der Preis ist der gleiche, egal wie oft ich hin und zurück fahre.
Ich hänge mir den Rucksack über die Schulter und gehe zu der Tür, die offen ist, seit der Zug steht, bleibe auf der oberen Stufe stehen, stecke den Kopf nach draußen und schaue über den Bahnsteig.
Keine Menschenseele weit und breit.
Nur ein Transportwagen, der die Reste aus der Cafeteria mitnehmen soll.
Leere Flaschen und Zeitungen, Plastikbesteck und Pappteller.
Es ist ein kleiner Bahnhof in einer Stadt, die kleiner ist als die, in der ich aufgewachsen bin, mein ganzes Leben verbracht habe, und die ich nicht im Stich lassen will. Ich freue mich schon auf die Rückreise.
Ich gehe durch das Bahnhofsgebäude, roter Backstein, und trete auf die Straße hinaus.
Ich werfe einen Blick die schnurgerade Straße hinunter, die quer durch das kleine Stadtzentrum verläuft. Möchte mir einen Eindruck verschaffen über diesen Ort, an dem ich noch nie gewesen bin, und bin selbst überrascht, dass ich jetzt hier bin, wohin ich mir bis gestern gelobt hatte, nie meinen Fuß zu setzen.
Niemand weiß, dass ich hier bin.
Er auch nicht.
Mein Vater.

Papa.
Verzeihen, denke ich.
Danach habe ich Papa mal gefragt.
Ich weiß nicht, ob ich zu ihm gelassen werde.
Es gibt bestimmt einen Haufen Vorschriften und Regeln.
Ich weiß nicht, ob er mich sehen will.
Den Sohn (18).

Der Laptop steckt in dem Rucksack, der über meiner Schulter hängt.
Der Akku ist leer.
Der Bildschirm ist schwarz.
Ich habe keine Geschichte geschrieben, nicht einmal den Anfang.
Die Worte sind alle in meinem Kopf.
Dort habe ich sie mit meiner eigenen Stimme erzählt.
Die ganze Geschichte.
Bis hierher.
Bis zum Anfang der Straße, an der ich stehe.
Darum kenne ich das Ende noch nicht.
Das Ende kennt niemand.
Es wird niemals geschrieben werden.
Auf meinem Laptop sind nur die allerersten Worte gespeichert, die mir in den Sinn gekommen sind.

Liebe Nina Simone

»I put a spell on you«

Weitere Informationen zu
Nina Simone unter:
www.ninasimone.com